KB162914

존경하고 사랑하는

님 惠存

평소 많은 사랑과 지도에 감사드리며,
앞으로도 좋은 인연으로 그 동안 배려해 주심에
감사드리는 마음으로 담아 올립니다.

2020년 3월
믿음 김홍순 드림

황혼의 연정

김 흥 순 작품집

“ 마음이 쉬어가는 황혼길 나그네 길동무
벗들을 만나 은은이 흐르는 보금자리에
머물러 내 인생을 향기롭게 불태우고 싶다 ”

동산문학사

황혼의 연정

할리우드 유니버설 스튜디오 앞에서

글은 자기 생각과 감정을 표현하는 내면의 거울이기 때문에 작가의 정신세계가 들어있습니다. 그래서 마음을 움직이는 영혼의 언어라고도 합니다.

글을 사랑하고 글을 쓰다 보니 책을 펴내 보겠다는 소망이 생겼고 그 소망을 이룰 수 있는 길도 열렸습니다. 그래서 내 삶의 이야기를 문학으로 승화시켜 소망하던 꿈을 조금이나마 전해드리고자 이 지면을 통해 제 삶의 흔적의 작품들을 모아 한 권의 책으로 묶어 조심스럽게 세상에 내놓습니다.

헬렌 켈러는 눈이 보이지 않고, 귀가 들리지 않고, 말도 하지 못하는 3중의 고통을 겪으면서도 기적을 이루는 사람이 되었습니다. 고난을 이기고 장애와 고통을 극복하고 끝까지 희망을 포기하지 않았기 때문입니다.

모든 사람에게는 뜨겁게 불타는 시절도 있고 좌절과 역경의 시간도 있습니다. 필자도 뒤돌아보면 아쉬움만 남는 세월의 흔적 아련한 추억이 그립기만 합니다. 어린 시절 몸이 허약했던 나는 큰오빠에게 부모님 버금가는 사랑을 많이 받았는데 하늘나라로 먼저 가신 큰오빠는 그리움으로만 남고 "시"가 좋아 고등학교 2학년 때 수학 여행비로 시집을 발간할 정도로 글을 사랑했던 작은 오빠마저 지금 병상에서 일어나지 못하고 계십니다. 이 누이와 함께 다음 책을 출판하자고 약속까지 했는데 말입니다. 푸른 하늘에 흰 구름 떠가는 멀고도 험한 고향의 그리움으로 다가온 어머님께 삼가 이

글을 전해 올립니다.

　묵묵히 성원하고 울타리가 되어준 사랑하는 가족에게도 감사의
마음 전하고, 제 작품집에 어려운 시간을 내어 축사를 써주신 한실
문예창작 지도교수 박덕은 박사님께 감사의 말씀을 드립니다. 또
한 제 작품집 발간을 위해 여러모로 수고 해주신 동산문학사 사장
님과, 편집위원님의 노고에도 감사를 드립니다.
　빛고을문학회 동아리 문우님과 지인님들 건강한 몸으로 글쓰는
즐거움을 오래오래 함께 누렸으면 좋겠습니다.

경자년 볕 좋은 삼월에
김 홍 순

육필시화전 및 은가람출판기념 행사(광주시청에서)

김흥순 작품집 발간을 축하하며

한실문예창작 지도 교수 **박 덕 은** 시인

(문학박사, 전 전남대 교수, 문학평론가, 소설가, 수필가)

　　김흥순 시인은 전남 보성에서 태어났다. 유아교육과 사회복지학을 전공했으며, 어린이집을 운영하다가 늦깎이 〈동산문학〉지에서 시 부문 신인문학상을 수상했고, 〈문학춘추〉지에서 수필 부문 신인문학상을 수상하여, 시인으로 문단에 데뷔하였다. 동산문학작가회 회장을 역임 하고 있으며, 한국문인협회 회원, 광주문인협회 회원, 문학춘추작가회 회원, 빛고을문학회 동아리 회원, 한실문예창작 회원 등으로 활약하고 있다. 전국사진공모전에서 50회가량 수상한 사진작가로서 한국사진광주작가협회 작가이자 실버넷 뉴스 기자로도 활약하고 있다.

　　필자와의 인연은 한실문예창작 향그런 문학회에서 소롯이 만나, 수시로 창작 시에 대해 열띤 토론을 하며, 시의 특질에 한 걸음 더 가까이 다가가려 서로 노력한 바 있다.

　　그리움 물든 자리/ 들녘 언저리마다/ 빛살 날리는 아련함/ 화려한 듯 소박한 자태// 인고로 피어내어/ 바람 잠든 길 위에/ 봉오리로 맺혀/ 섬세한 빛깔/ 침묵 속에 깊어지고// 은밀히 새긴 연서/ 깊숙이 스며들 때/ 켜켜이 비어 내린/ 그리움 한 움큼/ 움켜쥐고서// 눈부신 들국화/ 노을 내려앉으면/ 가을의 정취/ 스케치한다.///

- 「국화」 전문

　　어둠 뚫고 달려가/ 펼쳐진 하얀 밤/ 조수에 밀려/ 흐르는 파동이/ 날개치며 다가온다// 칠흑이 꿈결처럼 해우하고/ 은하가 길게 걸쳐진/ 모래사장에/ 설렌 앵글 설치하고// 갯내음 흥건한 파도 소리/ 꿈을 줍는 사진작가/ 모래사장에 펼쳐 놓고/ 일출 기다리는 긴 밤/ 언 손 흔들리는/ 바다 위 스치는 추억/ 영롱한 별빛 주워 담는다.///

- 「강양항」 전문

이 두 시에서 보는 바처럼, 김홍순 시인의 시는 감성의 파노라마가 이미지 구현과 낯설게 하기와 상징 기법을 통해 빚어내고 있다. 빛살이 날리고 바람 잠든 길에 섬세한 빛깔은 침묵 속에 깊어지고, 켜켜이 비어 내린 그리움 한 움큼과 노을 내려앉으면 가을의 정취를 스케치하는 들국화가 독자 앞에서 그림처럼 선명히 그려져 있다. 또한 하얀 밤 조수에 밀려 흐르는 파동이 날개치며 다가오고, 갯내음 홍건한 파도 소리와 시적 화자는 일출을 기다리며 바다 위 스치는 추억과 영롱한 별빛을 주워 담고 있다.

여기서 보는 것처럼, 김홍순 시인의 시들은 이미지를 통하여 시적 화자의 섬세한 감성을 조각하듯 그려 놓고 있다. 그러면서, 어딘지 모르게 외롭고 쓸쓸한 삶을 관조적 시선으로 포착해 내고 있다. 또한, 자기 자신만의 개성과 인생관을 통해 포착된 사물, 의미, 세계를 낯설게 하기를 통해 새롭게 새 각도와 시선으로 해석해 놓고 있다. 더불어, 은근슬쩍 상징의 고리로 엮어 가면서, 인생 속에 펼쳐지는 다양한 의식들을 카메라 앵글에 담듯 보듬어 안고 있다.

이렇게 창작된 김홍순 시들이 다소곳이 한자리에 모여, 제1시집이라는 어여쁜 열매를 맺었다. 이를 기반으로 하여, 전개될 제2, 제3의 시집도 벌써부터 기대가 된다. 모쪼록 김홍순 시인의 여생이 시 창작과 수필 창작을 통하여, 보다 윤기 있고 보다 알찬 삶으로 채워지길 소망해 본다.

찰나의 예술, 이미지의 아트, 낯설게 하기의 장르, 상징의 꽃인 시를 창작하면서 걸어가는 김홍순 시인의 인생이 몹시 부럽다. 결코 후회하지 않을 이 문학의 길이 앞으로도 중단되지 않고 꾸준히 이어져, 누가 보나 어엿한 꽃길이 되길 간절히 바란다.

- 봄은 왔으나, 아직 움츠려 있는 꽃향기 아래서

『황혼의 연서』 출간을 축하드립니다

이 명 란 시인

켜켜이 쌓아 올린 내공의 별빛이
황혼의 노래로 탄생했습니다

세월은 고희를 넘어 아버지가 비료 종이로
둘둘 말아 새끼줄 끈을 매달아 돼지고기
두어 근 사오시면 많은 식솔들과 나눠 먹일
어머니는 물을 많이 붓고 돼지고기 애호박국으로
가족들에게 특별식 사랑을 전했음을 이제야
알게 되었습니다

받기만 했던 사랑을 되돌려주려는 성품은
가족과 이웃에게 환한 마음을 돌려주는
훈풍의 소유자요, 붉게 물든 황금빛 가을날
만국기 휘날리는 운동회를 떠올리게 합니다

다재다능하신 김흥순 작가는 심신에 맑은 정이
몸에 배인 세상을 바로 보는 예술인으로

고운 날개가 오월의 아이처럼 꿈과 희망으로
아름답게 익어갈 믿음의 사랑을 실천하신 작가입니다

늘 그랬듯이 더더욱 의연해져서 거꾸로 가는
세상을 바로 잡아 역사에 길이 남을 대성할 작가가
되시길 기원 드립니다.

독일 뮌헨 성벤노 유치원 견학 기념

일본 뱃부대 부설유치원 탐방 기념

서유럽 여행중에(프랑스, 스위스, 이탈리아)

어린이집 생일잔치 이모저모

어린이집 원장들과 함께

북유럽 여행(노르웨이 비겔란드 조각공원 외)

제2부

추억을 싣고

제3부

아름다운 멜로디

제4부

그리움의 흔적들

제**6**부

수필 모음

노을의 길목에서

김 흥 순

환상의 리듬 휘감고
달콤한 밀어 속삭이며
마음이 쉬어가는 석양 길
나그네 길동무
인생의 끝자락에
은은히 흐르는 보금자리
아름다운 향기로 다가온다

하이얀 그리움
아슴히 밀려오고
정겨운 미소 달고
아름다운 노을처럼
삶에 무게가 버거워질 때
은은한 차 향기
햇살처럼 다가온다

갈망의 눈빛 촉촉이
내 뜨락에 저미어 오며
청실홍실
고운 향기 수놓아
짙어가는 그리움
꿈길처럼 맞이하러 간다

※ 동산문단 제5집에 실린 산화작품

그리움

아버지의 선물

나의 어린 시절 아버지는 한가한 농한기가 되면 사랑채에서 누런 책장을 넘기면서 글을 읽으셨다. 그 모습은 평생을 두고도 새록새록 생각나게 한다.

아버지는 일생을 농부로 살아왔으며 농사일이 천직이셨다. 가난한 농촌에서 살아가야 하므로 언제나 열심히 일했고, 농촌에서는 꽃을 보고 봄을 느끼는 것이 아니라 흙을 보고 봄을 맞이했다.

이른 봄이 되면 아버지는 지게를 지고 소를 몰고 밭갈이를 나섰다. 지게는 아버지의 고달픈 삶을 의미하는 도구이다. 온종일 뜨거운 뙤약볕에 그을린 얼굴과 온몸이 흙먼지와 땀으로 범벅이 되어 날이 저물어 가는 석양 아래 아버지의 한쪽 손에는 소의 고삐를 잡고, 주름이 깊게 파인 세월의 연속이었다.

저녁이 되면 처마 밑에 걸린 작은 호야 등이 마당을 비추고 하늘에 여린 별빛과 달빛이 은은한 빛으로 우리 식구들의 저녁상을 비춰주었다. 마당 한 모퉁이에 모기를 쫓을 모닥불은 하얀 연기 꼬리를 흔들며 하늘을 향해 올라가는 모습은 농촌의 낭만일 수도 있지만, 아버지의 고달픈 삶의 무게가 묻어나는 풍경이다.

송아지 한 마리는 집안의 부를 상징하며, 온 가족이 보살펴야 했고, 농경 생활에 기반을 둔 우리네 전통 사회에서 한 집안에 소는 논이나 밭을 쟁기질하고 힘든 농사일을 하는데 필요한 노동

력이자 일상생활에서의 운송수단이었다.

큰일을 당할 때나 급한 일이 생겼을 때 목돈으로 사용하고 우리 육 남매의 학자금 역할까지 했다. 우리 집안의 가보 1호였던 소를 지극정성으로 보살폈으며 송아지를 낳았을 때는 콩을 넣은 여물을 준비하여 산후조리를 해주었던, 아버지에게 소는 자식 같은 존재였다.

지금은 박사 학위를 취득하여 학교에 근무한 조카가 또래 아이들은 다들 놀고 있는데, 혼자서 소 꼴을 먹이러 가는 게 너무 싫어서 소를 죽이고 싶도록 미웠다고 했다. 조카의 추억의 말 한마디에 한바탕 웃고 말았지만, 그 말 속에는 아버지의 애환이 묻어 있었다.

삼대독자로 외롭게 살아온 아버지에게 우리 2남 4녀 육 남매는 매우 소중한 존재였으며, 우리는 그런 부모님께 남다른 사랑을 받고 자랐다. 자식들에게 가난을 물려주지 않는 것은 잘 가르치는 것이라 생각하고, 자식의 성공이 부모님의 성공이라는 대리만족을 하면서 어려운 가운데도 우리 육 남매는 부족함을 모르고 살았다.

어느 날 자매끼리 앞마당을 뛰어놀며 소란을 피우면서 거칠게 놀았더니 아버지께서 조용히 불러서 규수들은 걸음도 사뿐사뿐 말소리도 조용히 해야 한다면서 타이르고, 매서운 회초리보다 사랑채 마루에서 손을 들고 생각할 수 있는 시간을 스스로 깨닫게 해주신 무언의 교육은 우리에게 큰 가르침을 주셨다.

겨울이면 화롯불로 따뜻한 겨울을 보냈고, 화롯불에는 고구마와 군밤을 주름살투성이 손으로 구워주시던 아버지와의 추억이 그리움으로 남는다.

어릴 적 내가 보았던 아버지의 뒷모습은 세상에서 가장 커다란 산이었다. 그런 아버지는 가족을 지키기 위해 얼마나 고달픈 삶의 무게를 지고 사셨을까.

아버지가 주고 가신 '선물' 우리 육 남매 중 오빠 두 분은 국가 공무원으로 보람된 생활을 하였고 박사, 법률가, 의사, 선생, 각 분야에서 열심히 살고 있으며, 아버지가 특별히 사랑하는 형회는 아메리칸 꿈이 있었기에 대학 시절에는 UBF(대학생 성경 읽기) 모임에서 열심히 활동하였고 그런 경험으로 미국에서 민간 선교사로 봉사하고 있다.

일요일이면 향수에 젖어 있는 한국의 "엘리트"라 할 수 있는 석학들이 교회에 모여 주일 성수를 한다. 또한, 한국에서 미국으로 연수나 잠시 머무는 사람에게 숙박을 제공하면서, 목마른 사람에게 시원한 오아시스를 제공하는 고마운 일을 하고 있다.

그래서 언제나 방 하나는 비워두어 귀빈을 기다리고 있었다. 미국에는 한국처럼 온돌방이 없으므로 침대 위에 전기장판까지 준비하여 두었기에 따뜻한 방에서 숙면을 취할 수 있었다. 그 방에서 언니와 나는 2010년 미국 방문 당시 3개월 동안 미국 생활을 편안하게 지내고 왔다.

봉사란 받는 사람이나 하는 사람 모두에게 행복한 것이며 무한한 희생의 가치가 있다는 것이라서 사회적으로 매우 중요하게 생각하면서 미국 생활 30년, 사랑하는 아내와 세 자녀가 행복하게 살고 있다

솜씨 좋은 어머니께서는 아버지가 외출하실 때면 곱게 지은 옷으로 단장을 하고 잔칫집에 다녀오면 활짝 웃으시던 아버지 모습

이 지금도 생생하고, 술을 좋아하지는 않지만, 담배만은 끊지 못하는 대단한 애연가셨다. 아버지는 평생을 기관지가 좋지 않아 용각산을 드시는 것을 보았는데, 병원 한번 모셔보지 못한 것이 지금 생각하면 미안한 마음이다.

여름 모내기가 끝나면 마을에서 돼지를 잡아 집집마다 나눠 먹었다. 아버지는 비료 종이로 둘둘 말아 새끼줄로 끈을 매달아 넉넉한 살림이 아니기에 돼지고기 두어 근 사오면 많은 식솔이 나눠 먹으려고 물을 많이 넣고 끓인 애호박 돼지고기는 지금 생각해도 천하에 제일가는 음식이었다.

아버지 보고 싶습니다.

세월이 나를 철들게 하여 이젠 내 머리카락도 하얗게 물들어갑니다. 아버지와 함께했던 구수하게 익어가는 나락 냄새를 들이키며 싱그럽게 부는 바람과 함께 논둑길을 거닐며 물결치는 들녘을 저 하늘가에 새기고 싶은 마음 간절합니다.

어머니

그리운 고향 집 어머니 숨결
인고의 세월 어찌 잊으리
한결같은 그 사랑 가슴까지 저리고
생각만 해도 따스함이 넘치는 어머니
당신의 따뜻한 가슴으로
우리 육 남매를 위해 정성을 다하시고 살아온 어머니
지난 세월은 얼마나 고달픈 삶이었을까!

어머니
지금도 그 목소리가 생시처럼 귓가에 들리고
대문 안으로 어머니가 들어오시는 것만 같습니다
호탕한 성품에 당당한 우리 어머니!

어머니가 70 평생을 사셨던 고향 집에
오늘은 형제자매가 모였습니다
그리움 가득한 고향 집에 어머니와 함께 쌓였던 추억들
더할 수 없이 사무치는 그리움 받기만 한 그 사랑

끝없는 자애와 헌신으로 자녀를 위해 일생을 보내셨던
따스한 그 손길이 그립습니다
어머니!
영원한 어머니 사랑
날이 갈수록 선명하게 기억에 남습니다.

5월이 오면

가슴 따뜻한
미소 띠고
초록빛 청보리
살랑살랑 손짓하며
내게 다가와
그리움으로 다가오는
사랑하는 어머니

수줍게 고개 내민
연초록 여린 잎들
코끝 스치는 봄 내음
풋풋한 바람에
속삭이듯 흔들리는 자태

꽃피는 향긋한 계절
꽃가루 바람에 실어
벌 나비도 날아들어
날개를 펼치며

짙어가는 녹음이
푸르름으로 치장하고
생명력 넘치는
그리운 어머니는 5월의 봄.

그리움

내 삶의 나침판
생활의 지표가 되신 당신
힘들고 지칠 때
인생의 멘토가 되어
위로해 주신 당신

병마에 시달린 깡마른 손 잡아 주며
소리 없이 등 두들겨 주며
묵묵히 품어주시던
그 기억 생생합니다

이젠 황혼 길에 서서
뒤돌아보아도 보이지 않고
그리운 추억 더듬어 보니
받기만 한 그 사랑 그립습니다

그 사랑 되돌려 주고 싶은데
무엇이 그리 급하여
그 사랑 그리움 남겨둔 채
하늘나라 가셨나요

지금도 내 곁에
수호신처럼 지켜주신
당신을 그려봅니다
부디 하늘나라에서 영면하소서……
오빠!!!

고향 집

쏟아지는 햇살 내려앉은
싱그러운 여름
대청 아래 봉선화 휘늘어지고
알록달록 손톱에 수채화 그리며
천장에 매달린 소쿠리 보리밥
배고픔 달래주는 그리움

기둥과 마루 들기름 칠하는
은은한 멋은 선조들의 기법
벽은 흙으로 멋있게 빚고
볏짚으로 지붕 덮고

장작 패서 땔감 준비해서
가마솥 모락모락 밥 지어
부모·형제 도란도란
한 울타리에 끈끈한 사랑
부모님 손때 묻은 정든 초가집

가을이 깊어 국화가 사라지면
하얀 창호지 틈 국화꽃 무늬 넣어
달 밝은 가을밤에
은은히 비치는 문양의
고향 집 정겨움이 그리워진다.

뒷동산의 푸른 잔디

아련히 떠오른 추억
손잡고 뛰놀던 시냇가 언덕
뒷동산 푸른 잔디
봄이 오면 진달래 만발하고
가을이면 아름다운
단풍으로 수를 놓아
잊을 수 없는 그리움

아직도 두고 온 그리움
쉬이 가시지 않고
노란 개나리꽃만 보아도
가슴 울렁이던 내 고향
환하게 웃어주던 그리운 얼굴
절절히 사무치는
그때의 모습들
눈가에 아롱거리며

엄마 품속처럼 온화한 그곳
뒤돌아 가고픈 고향 추억
아릿한 그리움에 젖는다.

김장하는 날

삼 년 묵은 소금이
햇빛 보는 날
우리 집 김장하는 날

층층시하 시부모 모시는
우리 엄마 손 물 마를 날 없는
우리 동네 잔치하는 날

삶은 돼지고기와
보쌈김치는 빠질 수 없는
궁합도 천생연분

따뜻한 어깨 넘어
겹겹이 쌓이는 김칫독
온종일 피곤한 하루

항아리 가득 찬
겨우살이 양식
행복한 우리네 김장.

그늘이 되어주신

햇살 퍼지는 5월의 아침
창밖 나뭇잎 사이로
가슴 녹여주는 햇살
싱그러운 마음 담아
나를 반긴다

창가에 앉아 따스한 차 한 잔에
내 마음 편지에 담아
감사한 마음 전하고픈 당신
힘들 때 찾아와 위로해 주시고
따뜻한 말씀으로 덕담해 주신 당신
나의 그늘이 되어주신 당신

가정의 달 5월이 되면
생각나는 당신
꿈과 사랑을 키워 주시는
당신이 더욱 그리워집니다
오빠한테 받기만 한 그 사랑
언니에게 전해드리겠습니다
오빠! 존경합니다.

봄날의 그리움

연분홍 봄빛에
봄까치꽃 수줍게 눈을 뜨면
예쁜 한복 차림
엄마의 고운 날

아침 햇살 같은 미소
입가에 머금고
강물처럼 안겨주던
봄 내음이 가득했던
그날

엄마 떠나간 뒷모습
지우지 못하고
떨치지 못한 그리움
속절없이 깊어만 가고

바람 속에 삶을 토해내고
애절한 인생 가슴에 안고
뿌리 끝에 맺히는
허기진 인생 흐트러짐 없이

사랑과 희생으로
일생을 살아오신 삶
고이고이 가슴 저미고
연분홍 치마폭에 가득 담아
엄마 마중 가고 싶다.

만남의 기쁨

먼 길
조카들과 달려온 올케언니
만남의 기쁨
즐겁기도 하여라

엄동설한 추운 날
움츠린 어깨 화알짝 펴니
얼굴엔 웃음꽃 절로 펴지고
오가는 정겨움 솟아난다

지나간 추억 새록새록
밤새는 줄 모르고
긴 밤 이야기꽃으로
또 하나의 추억이 쌓인다

언니 스물, 내 나이 열 살
만났던 세월 수십 년
여든 넘긴 올케언니 얼굴엔
오랜 세월 반추되어
곱디곱던 스무 살 사과빛 얼굴이
내 마음속 그대로 살아있다.

당신의 품으로

당신은 나의 큰 희망
꿈의 대상
사랑으로 지켜주신
그리움의 안식처

여름엔 강렬한 뜨거움
겨울엔 폭풍 한설
당신의 따뜻한 품으로
안아 주시고

상처로 멍든 가슴
아픈 마음도
어루만져 주신 당신
그 사랑 그 추억

언제나 그 자리
보고픈 얼굴
당신을 사모합니다
그리운 어머니

사랑하는
나의 어머니.

설날

온 가족 도란도란 모여
장수를 기원하는
긴 가래떡으로 떡국을 썰고
고두밥으로 술을 빚고
항아리 술 익어가는 소리
명절의 정겨움

절구로 방아를 찧어
오색 떡을 곱게 빚고
홍동백서 차례상
조상님의 은덕 기리며

왁자지껄 만남의 기쁨
오고 가는 정겨움
설날 아침 풍경
세뱃돈 받던 즐거움

어머니의 향기 같은
달콤한 추억
설날 풍경이 그립구나.

성묫길

고향 가는 차창 밖
풍성한 가을 들녘 황금 물결
넉넉한 한가위

보고 싶었던 가족 친지들
한자리 모여
따뜻한 정을 나누며
송편 빚고 전 부치고
정성 가득한 차례상 모신다

조상님 성묫길
오랜만에 찾은 부모님 산소
죄스러운 마음만 가득하다

땀 흘려 지은 농산물
이것저것 트렁크에 채워주는
어머니 같은
언니의 포근한 손길

바람을 가르며 돌아가는 길
두고 온 고향 산천
머릿속에서 지워지지 않으니…….

시집오는 날

연지곤지 찍고
새언니 시집오는 날
꽃다운 나이 스무 살
가마 속 언니의 모습
아름답기도 하여라

한걸음에 달려간
시누이 마중
가난한 장남과 결혼하여
남편 군대 입대하니
시집살이 고달파라

내 나이 열 살, 동생 일곱 살, 네 살
힘겨운 시집살이
부모님 모시고
인고의 세월 견디다 보니
어느덧 팔순이 훌쩍 지나고

언니 나이 여든넷 내 나이 일흔넷
함께 늙어가는 세월

그래도 엄마 같은
포근한 언니의 마음
정겹기도 하여라
언니!

아버지의 부채

무더운 여름
사랑채 마루에 앉아
더위 식히는
아버지 태극무늬 부채

흙먼지 뒤집어쓴
신작로 학교길
땀 뻘뻘 흘린
어린 딸에게 더위 식혀준
상쾌한 바람 잊을 수 없다

시대 흐름 따라
선풍기 에어컨에 밀려
고전 장식품으로
밀려 버렸지만

주름진 아버지 손마디
더위를 쫓는 부채 바람
그리움이 시원한
사랑으로 다가온다.

아버지 일상

요란한 개구리 울음소리
촌가의 아침
고샅길 따라
소 몰고 다랑이논
논갈이 간 농가의 일손

소몰이 소리 쩌렁쩌렁
쟁기로 논밭 갈아
씨앗 땅에 심고
자식처럼 보살피는
고단한 농부의 일상

이마엔 구슬땀
주름살 깊은 한숨
허리 한번 펴보지 못한
고달픈 세월

평생을 흙으로 이어온
아버지의 일생
가슴에 잔잔하게 이어진다.

아침 선율

마음 흔드는
가녀린 숨소리로
아침을 여는
이름 모를 새 소리

베란다 너머
햇살은 노닐고
창가에 스미는
청아하게 노래하는 새소리

흔들리는 나뭇가지에
깃털 세우고
귓가를 두드리는
아침 선율 합창하며
아름다운 멜로디로
나의 깊은 잠을
깨운다.

연꽃 축제

카메라 메고 함께한 동아리
궁남지 연꽃 축제
우리나라 최고
인공 연못

초록 바람 실어준
초여름 손짓하고
홍련 백련 화알짝 핀
행복한 기쁨으로
우리를 맞아준다

탐스러운 연꽃들
렌즈에 담고
초록빛 우산 연꽃 향연
감동의 선물
지친 작가들 힐링

진흙탕 희생으로
승화한 연꽃
뿌리까지 내어주는
감동의 사랑으로…….

영정사진

인제 보니
지난 것은 다 소중한 것
그때는 몰랐다
아날로그 정서를

정든 사람들
누런 이 드러내며
활짝 웃는 행복한 순간
찰칵찰칵 렌즈에 담아둔 사진
미소 띠며 다가와
세월을 보듬는다

저미는 질곡의 세월
부모님의 영정
석양 벌건 고갯길 넘어
하나둘 사라져도

그리움만 쌓인 채
마음에
아련한 아쉬움으로
나를 놓아주지 않는다.

재봉틀

아버지 외출 때
저고리 깃이 딱 맞는다고
기분 좋아하시며
만면滿面에 웃음 가득

우리 집 가보 1호 재봉틀
손끝에 묻어나는 예술의 극치
세라복 망토 예쁘게 만들어
사랑하는 딸에게 입혀
뽐내며 걸었던 등굣길

우리 오빠 체육 시간
웃옷을 벗었더니
남들은 내의 입었는데
맨살 그대로
부끄러운 그 시절
지금은 그리운 추억

위대한 희생정신
그리움으로 복받치는
애틋한 사랑
재봉틀 추억으로
어머니 생각에 잠겨본다.

추억을 싣고

4월의 향기

흔들리는 바람 곁에
살포시 고개 내민
앙증맞은 초록의 소리
잔잔하게 스며온다

봄 처녀 새색시처럼
빼꼼히 내미는
수줍은 향기
엷은 미소 띠고

푸르름 펼쳐진
향긋한 나래 펴고
어우러진 꽃들의 정취
감동으로 다가온다.

개나리

어릴 적 봄이 오면
양지바른 울타리에
봄소식 알리는 개나리
매서운 겨울 잘 견디고
푸른 생명으로 돋아나
희망을 노래하며 피어난다

학교 가는 시골길
책보 등에 걸머지고
개나리꽃 꺾어 머리에 꽂고
소꿉장난하던 추억
함께했던 죽마고우
마음 따뜻하게 다가온다

지천에 활활 타오른
샛노란 개나리 바라보니
어제만 같던 추억들이
서릿발 내린
고향 친구들이 그리워진다.

개울가

물안개 살포시 피는 아침
새벽녘 밀어내며
햇살 내려앉은 속삭임
흐르는 물줄기 휘감는다

개구리 올챙이 물장구치고
맑은 물 자락에
초록 물결 일렁이고
두 발을 물속에 담그며
코끝 간지러워 웃음꽃 핀다

졸졸졸 흐르는 냇물에
또닥또닥 방망이질
아낙네들 이야기꽃
빨래하는 여인네

마음에 젖어 드는 향내
노을 바라보며
추억의 어린 시절
설레는 마음
시냇가 바위는
우리들의 놀이터.

대보름

휘영청 둥근달이 고개 내밀며 미소 지을 때
솔가지와 짚으로 쌓아 올려
달집에 불이 타오르면 액을 불살라 태우고
풍요와 안녕을 기원하는 정월 대보름

복을 부르는 세시풍속 질병도 근심도 없는
넉넉한 한 해 되기를 오랜 세월 거치던
조상들의 지혜
연날리기, 지신밟기, 풍물놀이
오곡밥 지어 이웃과 나눠 먹고

땅콩, 잣, 호두 장수의 비결
일 년 내내 기쁜 소식 귀밝이술耳明酒
취나물 피마자 배춧잎
풍년을 기원하는 보쌈

잠이 들면 눈썹이 하얗게 센다고
뜬눈으로 밤을 지새우던
그날의 추억 그리움.

동산문학 연찬회

기다림 속에 다가온
귀뚜라미 정겨운 소리
요란한 매미 소리 뒤로하고
숲 섶에 쉬어 가는 가을 향기 따라

갈색 바람 머금고
영광 산하치*에 모여
화기애애한 연찬회
가슴 파고든
그리움 묻어나고

빛깔 고운 알곡들
들판에 피어오르고
끝없이 펼쳐지는
영광 백수 해안도로
넓고 시원한 서해 바다
때 묻은 삶의 그림자

바닷바람 마신 얼굴들
서로를 위로하고 격려하며

---

* 영광에 있는 펜션 이름

아쉬움도 뒤로하고
밝은 웃음꽃 활짝 피우고
노을 진 가슴 기쁨 안고 돌아온다.

보고픈 친구

정겨운 친구 메시지 보고
익어가고 있을까
늙어가고 있을까
더욱 보고 싶은 친구

운동장 고무줄놀이
돌멩이로 땅바닥 공기놀이
모래주머니 던지기놀이
흙먼지 덮어쓰고
고무신 신고 함께 했던 추억
어린 배고픈 시절

너희 집 가서
무김치로 배 채우고
도시락 못 가지고 간 소풍
네가 가져온 우유로 찐 과자
어쩌나 맛이 있던지
지금도 그 맛 잊지 못하고
생생하게 기억한
그 시절 그립고

밀물처럼 밀려온
그리움
황혼에 잊지 못할 추억
친구야 보고 싶다
광주 한번 다녀가렴.

기다림

봄의 기다림 속에
새싹이 탄생하고
머무는 햇살처럼
지평선 너머로
아지랑이 피어오른다.

바람에 실은 구름
미소 띤 얼굴로
아련한 침묵 속에
쉬어가는 풀잎을
허공에 띄워 보낸다

봄 향기 날개 삼아
벌 나비 부르며
생명의 속삭임이
신음하듯 고운 빛깔로
꽃들은 그리움으로 핀다

속살처럼 수줍어
휘어진 햇살 아래
속삭이는 사랑놀이
내 마음 뜰 안에서
봄을 기다린다.

도담삼봉

푸른 강물 가운데
우뚝 선 기암괴석
뉘라서
산봉우리 셋이나
강물에 띄웠던가

이름하여 도담삼봉
절경을 한눈에 바라보며
풍월을 읊었다는
정도전

단양팔경
경치가 빼어난 여덟 절경
시인과 화가들 모여
시와 그림을 남긴 곳

새벽잠 설치고
먼 길 달려간 동아리 회원들
카메라 셔터 누르는 하루가 즐거웠다.

생일잔치

와자지껄 웃음소리
따스한 정감 넘치고
교실 안 가득 사랑이 흐른다

쫑알쫑알 아이들의 호기심
귀엽고 착하게 자라나는
하루하루 달라지는 모습
스펀지처럼 흡수력이 빠른
우리 친구들
정겨운 풍경이 넘친다

축하 노래와 흔들리던 촛불
흥겨운 박수 소리
서로 주고받은 선물
케이크보다 치킨을
더 좋아하는
우리 아이들

상상력과 창의력을 자극할
책 읽어 주면서
아이들 손 꼭 잡고
아름답게 자라길 바라는 기도

지금은 어디에서 무엇을 할까
가슴 따뜻한
그리움으로 남는다.

만남의 풍경

추위 여미며 달려간 무등산 자락
반갑게 만난 문우들
글 씨앗 뿌리고 가꾸며
한 길 걸어가는 동아리

반가운 눈빛 주고받으며
마음속 묻어난 행복
서로 아끼고 배려하는 기쁨
글이 주는 힘이 아닐까

뿌리처럼
가지처럼 얽혀진 인연
삶이 익어가는 소리
서로 껴안고
내일을 향해 희망 나누며

섬김에도
대접에도 사랑이 솟고
따뜻한 정감의 대화
젖어오는 오감으로
무등산 자락에서 울려 퍼진다.

붕어빵

겨울이면 생각나는 길거리 음식
그리운 추억의 간식
모양은 붕어이지만
팥앙금이 가득 찬 오묘한 맛

추운 겨울 더욱 맛있는
노릇노릇 맛있게 구워진
우리들의 희로애락을 담은
배고픈 시절 서민들의 별미

누런 종이봉투에 담긴
따뜻한 붕어빵
아련히 떠오른
동심의 시절

시대의 변화와 함께
추억이 담긴 붕어빵
지금도 포장마차 앞을 지나면
옛 추억을 그립게 만든다.

새벽 어시장

어둠 가르고
친구 만나려 고흥 가는 길
수산 시장 새벽 설렘
어물 시장

다양한 생선 눈길 끌고
목이 쉰 경매사 수신호 손놀림
정감 있는 바쁜 어물전
새벽 불꽃이 피어오르고
시끌벅적 활기 넘친다

싱싱한 마음 가듯
담아 갈 수 있고
덤으로 정과 삶의 활력소
인심 좋고 살아있음을 느낀다

요란했던 녹동항구
아침 햇살 뒤로한 채
도착한 친구 집
식탁에 펼쳐놓고
오고 가는 우정이 넘친다.

샌프란시스코 공항

수많은 인파 속
인천공항 언니와 함께
꿈에 그린 미국행
친절한 기내 서비스
다정한 스튜어디스

설렘 뒤로하고
도착한 샌프란시스코
직원 실수로 어긋난 약속
국제 미아가 된 언니와 나

언어 불통으로 발 동동 구르며
초조한 순간
어디선가 나타난 조카와 그 자녀들
반가움에 얼싸안고
그리움을 토해낸다

금문교를 지나
사랑의 보금자리
따뜻한 손길로
맞이한 조카며느리
하루의 피로가 사르르 녹는다.

장독대 풍경

햇살 가득한
시골 마당 한 켠
정다운 항아리 친구들
그리움이 묻어나는 길목에서
어머니 숨결처럼 다가온다

머리카락 보일까 봐
꼭꼭 숨었던 숨바꼭질
소복이 쌓인 새하얀 눈
눈 감으면 떠오른
아련한 어린 시절 추억

옹기종기 늘어선 장광*
보물창고 산실
간장 된장이
양지바른 곳에서 익어가고

켜켜이 쌓인
애잔한 여인들 숨결
그리움의 터전 마음의 고향

---

* 장광: 장독대의 호남지방 사투리

밥상 위에 오묘함 담고
긴 세월 전통이 넘치는
선조들의 지혜를 전달하는
한국의 맛
그리운 향수로 살아있다.

소녀의 추억

자갈밭 신작로
흙먼지 뒤집어쓰고
책 보따리 풀어헤치며
한 움큼 입안에 넣고
뽀드득 소리
정겨운 전지분유

달콤한 그 맛
입안에 감돌고
무지개 꿈처럼 날아가 버린
빛바랜 추억

벌겋게 노을 지는
텅 빈 들녘엔
을씨년스런 찬바람
배고픔 달려온
뽀드득 소리
정겨움으로 남아있다.

여름

신록이 우거진 우리 마을 뒷동산
어린 시절 우리들의 놀이터
햇빛이 쨍쨍 내리쬔
더위에도 아랑곳 아니하고
쌓아왔던 추억들

초록빛 나뭇잎이 나부끼며
불어온 시원한 바람
이마에 흐르는 땀은
어느새 마음속까지
깨끗하게 씻어준다

마을을 가로질러
시냇가 맑은 물
우리들의 해수욕장
물장구를 한참 하다 보면
입술이 새파랗고

시냇가 둑으로 올라와
햇빛에 몸을 녹이고
함께 했던 죽마고우
잊지 못할 그 추억
그리움 쉬이 잊히지 않는다.

소풍

어린 시절 그리운
정든 내 고향
봄이 되면 벚꽃 만발한
득량 수력발전소
소풍 가는 날

어머니가 싸 주신
노아란 보리밥
굶주린 배 채우니
꿀맛이었건만
친구들에게 들킬까 봐
부끄러워했던 그 시절

이제는 그리운 추억으로 남았고
찾아온 고향 산천은 변함없고
바람을 가르며 차는 달리는데
두고 온 고향은
머릿속에서 지워지지 않는다.

초가지붕

초가지붕 위에 핀
새하얀 박꽃
노을 진 저녁이 되면
살며시 내미는

새색시 미소 같은 꽃
하얗게 옷 입혀
초가삼간 지붕 위에
박꽃 잔치 열렸네

모닥불 피어오르는
우리 집 앞마당
가족들 평상 위에
시원한 수박 화채로
더위를 쫓아내고

연초록 박넝쿨 속에
정다운 웃음꽃이
박꽃 위에 흐른다.

텃밭의 풍경

새벽이슬 마르기 전
살금살금 찾아가
그들만의 세상을
렌즈에 담아본다

종류와 생김새도 다른
식물과 공존하는 곤충
서로 조화를 이루며
종족 번식 본능
온몸으로 보여준다

자연이 그려내는
고단한 삶의 과정
그들만이 바라보는
세상을 본다

아름답고 고귀한
경이로운 모습
사랑의 생명체
풀벌레 소리가
햇살 터는 바람
밭고랑에 이어진다.

행복한 하루

달콤한 라벤더 향기처럼
싱그러운 봄 향기
향긋한 봄바람 타고
아침 창가에 살포시 내려앉아
나의 코를 자극한다

노년의 행복한 하루
소중한 문학반 동아리
서로의 결핍을 채워주는
서로를 공감하는 궁정

내려놓고 비우니
행복은 배가되고
설렘 그리움 되어
행복으로 승화되어
위로와 따뜻함이
전해지는 만남의 행복

그리운 얼굴들 향하여
한걸음에 도착한
동아리방 문우들
라벤더 향기처럼 나를 반긴다.

아름다운 멜로디

12월 들녘

서걱서걱
낙엽을 밟으면
들판 신음소리

빈들엔
서릿발 깔린 침묵이
우두커니 지키고 있다

산허리에 누운 그리움
가득 싸안고 찾아오는
시간의 떨림
오늘도 기다림으로
서성이고 있다

창가에 내리비친 햇살
나부낀 꽃처럼
기지개를 켜고
따뜻한 새봄이
초록빛 춤을 추며
봄을 향하여 손짓한다.

가을 속 풍경

단풍보다 붉은빛
창문에 스며든
마음 설렘이
가을 동산에
고스란히 묻어난다

햇살 내려앉은
나뭇잎 사이로
빼꼼히 내민 구름
수줍은 몸짓으로
파란 하늘을 산책한다

원색의 향연
절정의 가을 동산
산자락 저 너머
곱게 물들어가는
어머니 품속 같은
사랑이 피어오른다.

가을 여정

햇살 좋은 가을날
가랑잎 마르는 소리
바람에 휘날리며
낙엽 내리는
가을 여정

진한 향기 속으로
가슴 가득히
전해 오는
가을빛 따라
걸음을 멈추고

누군가 정답게
따뜻한 국화차
한잔 들고
내게로 다가온다.

가을

여름의 끝자락
안개 걷히고
햇살 올라오니
혹독한 더위는 물러나고
산자락 멀리 손짓하며
가슴 속으로 스며든다

붉디붉은 숨결
침묵 지키며
코끝에 전해지는
맑고 투명한 단풍

속살까지 드러내는
푸근한 미소
흰 구름 두둥실
풍경은 요동치고

아름다운 흔적
살랑대는 바람 곁에
추억을 맞는
가을 향기가 실려 온다.

겨울 풍경

눈부시게 하얀 순백 세상
가로수 나뭇가지마다
하늘엔 눈꽃 풍광

차창에 내린 눈꽃
추억 속삭이는 어린 시절
아련히 눈에 비치며
아무도 밟지 않은 눈 쌓인 거리
조그만 내 발자국 남기고
학교길 눈밭 뒹굴며
눈싸움에 깔깔대던 친구들
옷 다 망치고 야단을 들어도 즐거웠다

지금도 어디서
서릿발 내린 머리에
첫눈을 맞고 있을까
이기지 않았고
지지 않았어도 즐거웠던
동심의 추억들이

눈 내리는 겨울 풍경이
내 마음 동심으로 들뜨게 한다.

겨울 속으로

밤사이
살포시 내려앉은 하얀 세상
눈안개 자욱하고
눈꽃이
부스스 눈을 뜬다

햇살 사이로 들려오는
사각사각
스쳐 오는 임의 향기
바람결에 묻어온다

성에 낀 창문에
임의 모습 그리다가
눈망울에 고인 추억
오래도록 붙잡고 싶다

그리움 쌓인
임의 발자국 소리
빗장 지른 그리움
밤새도록 떠나지 않는다.

고향 들녘 노을

내 고향 가을 들녘
흰 구름 바람에 날리며
푸른 하늘 수수밭 사이
가을바람에 흔들리고

벼 이삭 알알이 고개 숙인
평화로운 농촌풍경
우뚝 서 있는 허수아비
농부의 결실 풍요로운
저녁노을이 아름답다

가을 내음 아름답게
물씬 풍기는 자연
빨갛게 익어가는 들녘
단풍보다 더 붉은 노을

낙엽 내음을 싣고 오는
마음이 풍성해지는
붉은 해가 내 고향
들녘을 발갛게 물들이고 있다.

국화

그리움 물든 자리
들녘 언저리마다
빛살 날리는 아련함
화려한 듯 소박한 자태

인고로 피워내는
바람 잠든 길 위에
봉오리 맺힌
섬세한 빛깔
침묵 깊어지고

은밀히 새긴 연서
깊숙이 스며들 때
켜켜이 비어 내린
그리움 한 움큼
움켜쥐고서

눈부신 들국화
노을 내려앉으면
가을의 정취
스케치한다.

황혼의 여울목

노을의 길목에서
환상의 리듬 휘감고
달콤한 밀어 속삭이며
삶의 언덕에서
아름다운 향기 다가온다

하이얀 그리움
아슴히 밀려오고
정겨운 미소 달고
눈부신 햇살처럼 다가온다

갈망의 눈빛 촉촉이
내 뜨락에
청실홍실
고운 향기 수놓아
꿈길처럼 맞이하러 간다.

봄소식

봄비 내린 자리
씨앗 꿈틀거리고
어느새 살찐 햇살 머금고
푸르름 눈부시게 축복하는데

보일 듯 잡힐 듯
손짓하는 설렘
그리운 마음 파르르 떨며
뜨락을 거닌다

수줍은 첫사랑인 양
하얀 드레스 입은 신부처럼
곱게 색칠하듯
가슴 따사로이 품어주며

마음 전하는
생명의 신음소리
속살 터트리고
정다운 대화 나누며
서둘러 봄을 알린다.

설렘 1

먼 길 마다하지 않고
겨울 찬바람 가르며
바바리코트 깃 세우고
뚜벅뚜벅 걸어온 모습
숨이 막힐 정도로
그리움이 밀려온다

주머니 속
마주한 손길 온기 느끼며
마음속에는
이미 아지랑이
피어나는 봄이 찾아와
자리 차지하고 있다

오늘 밤에도
창가에 들려온 목소리
베개에 고인 채
그대 꿈꾸며
가빠지는 숨소리 다스리고
포근한 잠자리 든다.

설렘 2

묻어야만 하는 아쉬움
속살 드러내는 무지개처럼
그리움으로 깊어져
서서히 다가온다

마음 잠들어 있는 향기
부드러운 눈빛으로
내 맘을 풀어헤친 여운

화사한 봄꽃처럼
연민도
못다 한 목마름으로
손잡아 주고

따스한 미소로
피어나는 햇살처럼
가슴에 가득 담은
아름다운 사랑이고 싶다.

아쉬움 1

별빛이 흐르는 창가
눈이 시리도록
잔잔히 스며든다

아름다워 잠 못 이루고
남아있는 시간 계수하며
품은 사랑
가슴에 묻어두고

바라만 보아도 뛰는 가슴
못내 그리며
강물처럼 속삭이고

흐르는 아쉬운 시간
사랑으로 물들이고 싶다.

아쉬움 2

어디선가 미소 지으며
두근대는 붉은 연정
고요히 흐르는
가슴 한켠에
설렘 안고
잔잔하게 밀려온다

방황한 숱한 날들
스치는 바람결에도
아파하는 지난 시간
허전한 가슴 메울
한 아름 그리움 안고
나를 향해 다가오면
이제는 그대를
만나고 싶다.

상사화

붉은 융단으로 황홀한
아름다운 물결
이루어질 수 없는 애달픈 사연
꽃과 잎이 만나지 못한 그리움

잎이 돋아나 고달픔 사라지면
꽃으로 승화한 아름다움
인고의 보상 화려한 꽃대

정절 깃든
절개와 지조로
애타는 사랑 기다린
고고한 자태

열매 맺지 못한 가슴앓이
뿌리로 생명력 지키는
화려함 뒤로 하고
희생으로 지켜낸
붉은 신비여…….

커피

향기로움 가득히
마음 비춰주는 아름다운
달빛 고운 호숫가
가슴 가득 퍼지는
커피 한 잔의 행복

미소 머금고
강물처럼 스미는 선율
설레는 고색의 눈
다정한 담소로 꽃피우며

마음 적셔 줄 사랑
고요한 그리움으로
기다림을 밀어내고
찻잔 마주하며
다가온 그윽한 향기…….

청둥오리

호수 위에 떠 있는
아름다운 자태
시베리아 추워서
찾아온 친구
전남대 호수 청둥오리

몸치장하고
물을 가르며 둥둥 무리 지어
한겨울인데 봄인 양
사랑과 활기찬
교감交感을 나누고

녹색 깃털이 화려하고
뒤뚱뒤뚱 걷는 모습
서울에서 온 문 기자
앵글 한 컷이라 놓칠세라
포인트 담기에 부산하다

셔터 누르기에는 찬 손
따뜻한 차 한 잔 나누고
겨울 철새 청둥오리

때가 되면 또다시
만나자 기약하고
청둥오리 안녕.

편지

그리움 싣고 날아온
반가운 소식
스치는 바람 소리
옛 추억 낭만의 편지

동네마다 누비며
그리운 사연 들고 방문한
정겨운 집배원 아저씨
빨간 자전거 소리에
밥상 차리기에 바쁜
우리 어머니 손길
가슴 속 절절한 안부
훈훈한 정이 고여 들고

사연에 담긴 마음의 선물
그리움 싣고 온 잔잔한 울림
그 추억 스쳐 가듯 되살아나고
바람에 실어 보낸
애틋한 사연

세월이 남기고 간
아름다운 마음 스며들고

설렘 파도에 가득 채워
싱그러운 봄 내음 실어
내 마음 띄우고 싶다.

해돋이

친구들과 출발한 해돋이
오고 가는 웃음 속에
소담스러운 수선 떨다 보니
도착한 정동진
찬바람 가르면
달려간 모래사장
발자국 남기고

이른 새벽 찾아간 횟집
구수한 전라도 사투리
폭풍 수다 꽃피운다
늦게 도착한 해맞이

아침을 맞이하는
눈부신 동해바다
솟아오는 해처럼
희망찬 한 해 되도록
사연 남기고

밤새 추억을 담았던
정겨운 추억들
가슴속에 떠오른다.

햇살 피어오르면

먼 산
햇살 내리고
따스한 봄
푸르스레한 나뭇잎
얼굴 내밀고
지평선에 걸린 구름이
서서히 다가온다

푸른 몽우리
짜릿한 전율을 느끼고
춤추는 바람이
하늘 가득

아릿하고 설레는
핑크빛 사랑이 머물고
따스한 햇살에
봄바람 불어오면
흠뻑 취하는
이 봄을…….

햇살

햇살 가득 넘치는 들녘
여름은 익어가고
덮여가는 푸르름
자연은 한층 깊어만 가고

초록 잎 무성한
담장 넘어 해바라기
뙤약볕 따라
온몸으로 소리친다

하늘을 바라보는
달콤한 향기로움
환한 미소 띠고
가슴속 깊이 파고든다

잔잔한 햇살 비추는 오후
한 아름 꺾어
묻어두었던 그리움 날려
그대의 품에 안겨주리.

그리움의 흔적들

가을

하늘은 맑게 푸르고
가을 향기 풍기는
오솔길 따라
산등성 올라오니

산은 붉게 물들어
만산홍엽
빨갛게 노랗게
옷을 갈아입는

가을의 끝자락
낙엽 지고 바람 소리
스산하고 허전한
가을은 여름의 부스러기

풍성한 열매로
우리 마음 달래준
이 가을날 아침
아~천상의 계절이여.

황금빛 물결

누렇게 익어가는 가을 들녘
하늬바람 살랑살랑
코스모스 향기
코끝을 스치며

수줍어 고개 숙인 벼 이삭
따사로운 햇살 아래
싱그러운 바람 따라

노을빛 춤추는
가을 창공
물감을 뿌려 놓은 듯
눈부시고

스치는 바람이 손짓하는
가을의 정취 깊어만 가고
한 아름 그리움 되어
가을 들녘은 익어 간다.

계절의 기쁨

싱그러운 봄 촉촉한 이슬비
온 세상 생기로 넘치는 계절
텃밭에 푸성귀 쑥쑥
떨어진 입맛 끌어올린
상큼한 시골 밥상
우리 집 건강 지킴이

여름 소낙비 좍좍
줄기차게 휘몰아치면
더위에 지친 활짝 웃는 대지
지쳐 버린 생명들
생기를 불어넣는 단비
들녘은 녹색 물결로 물들인다

가을 하늘 눈 부신 태양
흰 구름 손짓하며
누렇게 익어가는 오곡백과
탐스럽게 열매 맺는 계절
울긋불긋 단풍으로 물들고
아침저녁 귀뚜라미 우렁찬
결실의 계절

겨울을 뒤덮은 새하얀 세상
얼어붙은 대지
혹독한 추위 견디는 생명
따뜻한 봄의 기다림
대자연의 희망이 새록새록 피어난다.

강양항

어둠 뚫고 달려간
펼쳐진 하얀 밤
조수에 밀려
흐르는 파도가
날개 치며 다가온다

칠흑이 꿈결처럼 해후하고
은하가 길게 걸쳐진
모래사장에
설렌 앵글 설치하고

갯내음 홍건한 파도 소리
꿈을 줍는 사진작가
모래사장에 펼쳐놓고
일출 기다리는 긴 밤
언 손 흔들리는
바다 위에 스치는 추억
영롱한 별빛을 주워 담는다.

고구마

긴 여름 더위와 싸우며
땅속의 어둠 헤치고
붉고 노랑 고운 빛으로
아름다운 자태를 뽐내며
더위에 지치지 않고

튼실하게 자란 알뿌리
주렁주렁 탐스러운
가을이면 밭두둑 쩍쩍
갈라지는 밭고랑

배고픈 시절
어린 시절 그리운
고구마 사랑

달콤한 그 맛
잊을 수 없어
물김치와 함께 먹으면
천상의 궁합.

고물

이른 새벽
구석구석 골목 뒤지며
수거한 고물
재활용하면
보물로 변화되고
궁핍한 생활에 보탬이 되는
고마운 자원

불편한 몸 이끌고
소리 높여
고물 삽니다
허공에 소리는 비껴가고
지구를 살리는 당신 손길
손수레에 가득 실은 고물

그대로 두면 세상은
쓰레기장 되지만
아름다운 분리수거
환경을 변화시키는
정녕 당신은 자랑스러운 손길.

낙엽

눈부시도록 파란 하늘
바람에 휘날리는
낙엽들에 속삭임
울긋불긋 수를 놓은
가을의 향연

형형색색 아름다운
오색빛깔
단풍으로 물들인
가을의 정취

아름다운 계절
가슴 깊숙이 파고들어
다정히 속삭이는
풍성한 낙엽들.

환벽당

누정 원림 문화
학문을 연마하고
수양하는 공간
우리의 전통문화
선비의 산실

후학 양성 문학의 전당
역사적 인물과 문사 배출
문학을 꽃피운 풍류 역사

학문과 예술혼을 불태운
선조들의 얼을 계승하는
호남의 인물들
누각과 정자문화

선비의 혼이 머무는 곳
문화와 역사의 발자취
우리 후손들이
길이 보전하자.

동백꽃

정절 깃든
겨울의 여왕 동백꽃
절개와 지조로
애타는 사랑 기다리며
고고한 자태 새빨간 동백꽃

빨갛게 멍든
지친 그리움
어머니 품 같은 애달픈 마음

동백꽃 지키는 동박새
꽃가루 수정시켜
아름다운 꽃으로 탄생한
지고지순 눈부신 조매화鳥媒花

지극한 사랑 꽃말처럼
활활 타오르는 뜨거운 불꽃같이
엄동설한에 피운 꽃
그리움의 상징 붉은 동백꽃.

복수초

겨울잠에서 부스스 깨어
봄이 오는 길목에서
눈과 얼음 사이를 뚫고
샛노란 얼음새꽃
코끝에 전해오는 꽃향기
봄소식을 알린다

한낮엔 꽃잎을 활짝 열고
밤이면 추위에 꽃잎 닫은
황금빛 꽃을 피운 생명력
춥고 길게만 느껴지던
겨울 자취를 감추고
봄을 부르는 꽃 향연

소박한 아름다움
봄의 설연화雪蓮花
이른 봄 산지에서
따스한 봄빛이 다가온다.

봄꽃 축제

매서운 겨울 제치고
멀리 봄바람과 함께
우리 곁에 성큼 다가와
따뜻한 햇살 못 이겨
꽃망울 터뜨려
봄소식 전한다

향긋한 꽃 냄새
봄을 알리는 매화
지리산자락 노란 산수유
울타리 휘어진 개나리
고고한 목련
먼 산 붉게 물들인 진달래

고운 자태 드러내는
소리 없는 함성으로
가슴 가득
한눈에 담아본 풍경
만개한 꽃들 마중 나간
봄꽃 축제.

숲속의 여유

수채화 사이로
너울 쓴 눈부신 햇살
아름다운 계곡
실개천 바람 타고
가녀린 잎사귀
수런대는 풀잎 소리
간지러이 속살거린다

해거름 길어지는
싱그러운 추억 걸치고
마음 자락
가붓이 내리고
그리움 노래 부르며
잔잔한 눈빛 고대하며
그윽한 추억
바윗돌 마주 앉아
사랑을 속삭인다

새 소리 울려 퍼지는
사색의 늪 그리움으로
향내 보듬고
산 그림자 드리운 길섶
너울너울 춤추며
가슴으로 부대껴 안는다.

봄의 전령사

살포시 고개 내민 봄 소식
봄을 재촉하는 매화
매서운 추위도 마다하지 않고
앞을 다투어 골짜기마다
꽃망울 얼굴을 내민다

먼 길 마다치 아니하고
새벽부터 달려와
사진작가 카메라 담기에 여념이 없고
한 컷이라도 녹일세라
매화 향기에 취해 즐거운 함성

봄의 길목에서
이른 봄 틈새를 뚫고 나와
고결한 그 자태로
향기 풍기며
봄소식을 전하는구나.

아산 은행나무 축제

캠핑카에 몸을 싣고
달려온 은행나무 축제
샛노란 은행잎
곱다 말고 사랑스럽다

통행이 맞춤 새벽 2시
아산에 밤공기는
차갑다

꽁꽁 언 손
밤을 지새워
거센 바람 소리 들으며
렌즈에 고정하고
카메라 셔터 누르고

모델도
추위에도 아랑곳하지 않고
작가들과 호흡 맞춘
진지한 모습

아산 은행나무 축제
밤은 깊어가고

뷰파인더 들어오는
노란 피사체에
추억을 담는다.

사계절

봄의 기다림 속에
새싹이 탄생하고
꽃이 피며 지평선 너머로
아지랑이 피어오른다

먼 산 아지랑이 무르익어
얼굴에 미소가 피어오르고
아련한 추억 속에
여름이 깊어간다

긴긴 하루
따사로운 햇살
풍요로운 들녘
가을을 재촉하고

오곡백과 수확에 기쁨
주름진 농부의 얼굴
기쁨에 가득 차고
행복한 겨우살이.

역사의 인물

태극기 하나로 뭉쳐
민족을 위해 바친 목숨
꽃다운 청춘
총칼로 휘둘린 상처 아물지 않고

빼앗긴 조국
옥중에도 잊지 못할
내 조국 독립
선열들의 피 끓은 정신
모진 고문당하면서
독립 비밀결사

총칼도 두렵지 않은
동족 사랑의 선인들
짧은 목숨 바쳐
일제 항거에 모든 것 내놓고
풍찬노숙風餐露宿으로 지켜온 이 나라

임은 갔습니다
흔적은 남아 숨 쉬고 있으며
나라 지켜 가신 임
애국심을 기억하렵니다.

운동장

바라만 보아도
사랑할 수 있는 어린 시절
엄마 품처럼
포근한 운동장

내리쪼이는 햇살
양지바른 곳
행복을 나누던 그리운
동화 속 추억

굴뚝엔 저녁연기 피어오를 때
어머니 날 부르는
정겨운 목소리
땅따먹기하던
즐거운 놀이 뒤로하고
아쉬운 헤어짐

마음과 마음을 주던
순수한 어린 시절
허연 머리카락 세월의 흔적
햇살처럼 반짝이던 동심
설렘으로 떠올려 본다.

훈민정음

유네스코 세계기록 유산
자랑스러운 문화유산
백성을 가르치는 바른 소리
그 이름 훈민정음

백성을 위해 창제된 표음문자
하늘 땅 사람을 기본으로
수놓은 닿소리와 홀소리

표현 못 할 글이 없고
쓰지 못할 말이 없고
아름답고 멋스러운 우리글
크게 바르고 으뜸가는 우리 한글

과학적이고 독창적이며
사랑하는 백성을 위해 만든 위대한 글
빛나게 갈고 닦아 길이길이 보전하자.

판문점 정상회담

우리의 소원
남북통일
2차 남북정상회담
비밀이 진행되고

판문점 통일 각에서 만난 두 정상
온 국민 가슴 뛰는 기쁨
이산가족 절절함이
따스함으로 다가온다

가슴 뛰는 것 순간
6·12 북미 정상회담 취소
전 세계 경악에 빠뜨리고
비즈니스맨 기질
노벨 평화상을 노린
권모술수權謀術數 내려놓고

세계인의 바람 비핵화
후손들 행복한 세상
남북, 평화, 번영

두 정상 만남이
비핵화 불씨가 되길 기원한다
온 누리 평화의 불빛 퍼져가리라.

평창 올림픽

대한민국에서 열린 큰 잔치
강원도 산골 평창에서
세계인이 함께한 자리
하늘을 찌르는 관중들 환호
함성은 세계로 퍼지고
남북이 함께 하는 올림픽
각국 정상들 열띤 취재진
평창에 함께 모였다

지구촌 모두 하나 된 열정
세계인의 이목 평창에 집중되고
설원에 펼쳐진 향연
관객의 박수갈채
선수들 힘을 얻고
세계인의 한마음 축제

92개국 15개 종목
우리 선수들 7위에 영광
메달로 경쟁했던 우정
헤어질 때 깊은 울림
여운이 가시지 않고

자랑스러운 대한민국 역사
중국에서도 계속 이어가길
우리 모두 응원합시다.

노을이 익어가는

5 · 18의 그 날

5월의 고요한 창공
광주 5 · 18 소문에
두고 온 자식들
소식 궁금한 엄마
서둘러 길을 나선다

청보리 일렁이고
논둑에 푸른 쑥 내음
마중 나온 샛길 햇살에
엄마의 마음은 다급해진다

광주가 목적지인데
화순역에서 하차
계곡마다 주인 없는 시체들
총소리 귀청을 울리고
최루탄 속 뚫고 달려와
자식들과 상봉하고
한시름 놓으신 어머니

광주의 5월 암흑한 역사
인권의 가치와 정신을
절대 잊혀서는 안 되는
영원히 남아야 할 기억들…….

가을 햇살

노을 물든
한적한 들녘에
빛살 사이로
가을 하늘 묻어나고

하얀 서리 피어오르면
바스락거린 낙엽
속삭이는 소리
갈대꽃 훔친 노을
붉게 타고

가랑잎도 뚜벅뚜벅
붉은 단풍잎 사이로
익어가는 가을
아쉬움 뒤로하고

낙엽을 밝고
가을 햇살이
떠나고 있다.

낙엽 소리 흩날리는

옷깃을 파고드는
소슬바람 가을의 정취
붉게 물든 낙엽 소리
담벼락엔 마른 덩굴
가슴에 얹어놓은 추억
저무는 향기 아쉬워하며
석양에 걸친 노을 그림자
무서리가 내린다

하얀 종이에 그려놓은
노년의 아름다운 미소
잔설 등에 업고
바람 곁에 몸 맡기며
긴 터널 빠져나와
희연 머리 흩날린다

저 들녘 물결쳐 부서지는 포말
잠든 파편들 들춰내어
긴 시간 담금질하며
저녁은 헐거워지는데
저만치 낙엽 지나는 끝자락에
붉디붉은 시어로 승화시킨다.

낙엽을 밟고 가는 가을

갈잎 바스락거리며
붉게 물들어가는 나뭇잎
쓸쓸한 바람 휘감고
스쳐 가는 낙엽이
저만치 서서 가을을 재촉한다

얼큰히 익어버린 계절
어머니 품처럼 넉넉한
가을 정취를 끌어안고
이별의 입맞춤한다

가슴 촉촉이 젖어 들여
묻혀온 그리움
살며시 내려놓고
아쉬움 남기며
낙엽을 품은
가을 끝자락.

노을

아침 운해 산허리 걸리고
여명이 열리면
산 능선 저 멀리 아침노을
벌겋게 물든다

고개를 살짝 든
눈이 부시도록 가슴 시린
노을이 버무려내는
풍성한 가슴 채우며
바람을 움켜잡고
낙엽은 뒹굴며

서산마루 휩쓸고 간 노을빛
그리움으로 파고드는
석양 들녘을
물들인 붉은 노을이
손짓하며 떠나고 있다.

동산 나들이

초록이 살찌게 오르는 6월
향기 토해내고
발그레 피어오른 날갯짓
산허리 구름 속으로
가슴 먹먹한 그리움
푸르름 낚아챈다

생동감 넘치는 동산 나들이
강진 자락 신록이
넉넉한 품을 내준 채
길손을 맞는다

황혼의 좋은 문우들
미간에 주름이 서도록
눈썹을 세우며
에두르지 않은
속마음 풀어낸다

그윽이 뿜어내는
봄 햇살만큼
아련한 첫사랑 풋풋함이
굽이쳐 흐른 시간들
향기 짙게 풍긴다.

득량만

오봉산 자락
비옥한 들판 간척지
푸른 바다 눈 앞에 펼쳐진
득량만은 살아 숨 쉬고
저 멀리 드넓은 갯벌이
바다를 지키고 있다

능선을 넘어가는 녹색의 물결
한 폭의 수채화 녹차 밭
방풍림 사이로 은빛 모래
천연 암반에서 끌어 올린 해수 풀장
남해안의 휴양지 녹차 온천탕

세계 최대 공룡 알 화석지
살아있는 역사와 전설이 흐르는
보성강 수력발전소

득량만이 길게 늘어선
드넓은 갯벌
어머니 품 같은
애틋한 그리움으로

영겁의 세월 빚고
다듬어 만들어진
내 고향 득량만.

명사십리

파란 하늘 뭉게구름
해변 길 흰 모래밭
여름휴가 즐기는 인파
자연과 바다가 함께 어울려
평화로움을 즐긴다

부드러운 모래에 몸을 맡기고
얼굴만 빼꼼히 내밀고
모래찜질 일광욕 기쁨
명사십리해수욕장
넓은 해변 명성 그대로

잔잔한 파도 확 트인 해변
여름날의 낭만과 추억
가슴이 뻥~뚫리는
맑은 공기 아름다운 풍경
주변 숲과 탐방로

피서객 즐거운 함성
십리 길 희고 고운 모래
송림을 배경으로
저~~ 멀리 신지-완도 간
연륙교의 아름다운 모습.

매화 축제

봄기운이 얼었던 강물을 녹이고
봄을 알리는 단비가 대지를 적시고
화사하게 꽃망울을 터뜨린
봄의 전령사 매화

남도의 대표 축제장
새하얀 순백의 백매화
가슴 뛰게 하는 홍매화
그윽한 향기 속으로
전국에서 달려온
인파들 인산인해

섬진강변 파아란 하늘
강가의 백사장 대숲 속 갈대
환상적인 꽃 터널
아름드리 매화가
좁은 길을 가득 채우고

곱디고운 꽃 흐드러지고
각처에서 상춘객 몰려들어
축제 분위기 고스란히 추억담아
매화꽃 향기처럼 아름답다.

무등산

광주의 진산
무돌의 무지개
서석대의 병풍바위
입석대 돌기둥
우람하기만 하다

원효계곡 용추계곡
계곡마다 폭포
암반들의 절경
가을이면 규봉암 단풍
장불재 억새 바람에 흩날리며

한 폭의 한국화
옥을 깎아 놓은 듯
빼어난 절경이
멀리 바라본
동복댐의 물이 손에 잡힐 듯

수정처럼 강한 빛을 발하며
운림골 푸렝이 수박
광주특산품 1호 춘설차
무등산 광주의 천연기념물.

무지개

봄 향기 흐르는
머언 산 바윗등에
기어오르는 햇살
물안개 머금고
오색 그리움
스멀스멀 피어오른다

지평선 저 너머
흩어지는 구름 아래
솜털 줄기 밀어 올리고
곱게 접은 사랑
무지개가 다가온다

기지개 켜며
여린 순 도톰히 돋는 가지
젖은 가슴 펼쳐 안아
오색 그리운
그리움 가득 채우리라.

바람의 소리

빛살 날리는 아릿한
산모퉁이 자리마다
그리움 담아
조용히 눕는다

침묵은 서서히 흐르고
저만치 다가온 바람 소리
하얀 새벽길 밝힌다

그리움 누운 산허리에
깊숙이 묻어둔 사랑
책갈피에 접혀
추억 속에 스쳐 가는
산자락 길섶에
흩어진 바위 사이로
바람에 실려 보낸다.

숲속의 멜로디

나뭇잎 합창 소리
새벽 공기 가르며
속삭이는 숨결
귓가를 간질이고
밀려오는 바람 소리
초록 향기 기지개 켠다

연둣빛 실루엣
안개 뒤덮인 야생화
꿈속을 헤매는 울창한 숲
푸르른 대지를 감싸고
새소리 울려 퍼지며
노을은 물들고

석양 녘 더위에
매미 울음 자지러지고
바람을 가르는
여름밤의 교향곡
깊어만 간다.

실버들의 공간

빛고을노인건강타운
광주의 자랑
발걸음도 가볍게
한자리 모여

다양한 프로그램
우리들의 배움터
웃음과 행복이 가득한
마음은 언제나 청춘

천 오백 원 식사 준비
자원봉사
아름다운 손길
삶의 활력소가 넘치는
우리들의 쉼터.

아름다운 손길

꽃보다 아름다운 손길
훈훈한 사랑으로
이웃의 정을 듬뿍 느끼게 한
인혜당님 손길

아픈 손 마다하지 않고
밤새 준비하여
바리바리 싸 들고 온
감동의 정성
사랑의 나눔

기쁨의 물결
우리의 마음속
사랑의 씨앗이 되어
오래도록 잊지 못할
행복 선물하고

말없이 모두를 끌어안는
아름다운 울림이라
그 손길
온 세상을
곱게 물들이지요.

은가람 창간호 출판기념

광주시청 시민 홀
은가람 창간호 육필 시화전
함께 즐기는 자리

마음 모아 발간한 글
우리 모두 희망을 꿈꾼다

시민 홀에 설치한 우리들 작품
문학으로 서로 행복하고
부푼 마음 꿈을 찾는 글쓰기
은가람 동아리

힘들고 어려움 서로 감싸주며
소통하고 함께한 공간

행복을 추구한 노후
화기애애한 분위기
창간호 축제의 촛불
계속 불 피우리라.

은가람 동아리

문학 동아리 은가람
뜻을 함께한 문우님
인생을 꽃피우며
같이 할수록 행복했던 순간들

당신들과 지난 시간
행복했기에
내 마음에 남아있는
즐거운 추억들

은은히 흐르는 강물처럼
언제나 변함없는
꿈과 희망으로
아름답게 익어가는
노년의 황금시대

여유로움과 풍요로움으로
인생을 다시 빚는
소박하고 건실한 꿈이
함께하길 기대한다.

추억의 봄비

향긋한 봄 내음과 함께
내리는 추억의 봄비

소녀는 창가에 앉아
빗줄기에 넋을 잃고
옷 젖는 줄 모르고

옆자리 소년
창문* 올리기에 여념 없고
소녀는
부끄러움 감출 수 없던 추억

서릿발 내린 세월의 흔적은
황혼에 그리움만 쌓이고
세월은 흘러

매연도 없고 소음도 없는
기어 엔진도 없는
배기관 없이 한번 충전하면
수백km 달리는
친환경 초록색 전기차

---

* 1960년도는 창문을 위로 올렸다

문명의 발달로 변천하는
풍요로운 현실
백발이 된 소년 어떻게 변했을까

오늘 내리는 봄비
내 마음
그리움 머물렀던 추억
백발 된 소년 지을 수 없고
그리움 타고
봄비는 내린다.

축하

시인 등단 소식 듣고
참석한 기념식장
문학 춘추 100호 발간
뿌리 깊고 견고한 정신
흔들림 없는 문학의 승화

문학인 땀 흘린 흔적
고스란히 남아있고
지역 문화 발전을 위해
지켜준 고결한 긍지
높고 깊은 애정 느낄 수 있다

글 잔치에 참석한 축하객
사랑 잔치 되었고
가족 친지 지인들
함께 아울러
꽃다발 사진 촬영
정겨운 행사

아내 등단 즐거워
기쁨에 취한 남편

가족사진 촬영한
내 마음도 감출 수 없어
화 알 짝 웃음으로 축하합니다.

작은 전시회

빛고을건강타운 임소윤 갤러리
펄순기념 매설당
시서화 작은 전시회 열리고
오색 화음에 감동받고
단란한 가족들 모습
아름답기만 하다

사회자의 매끄러운 진행
분위기 화기애애하고
작가의 단아한 한복차림
만면에 웃음 가득
손자 손녀들 축하 꽃다발
막내딸 감동의 메시지
갤러리 분위기 숙연해진다

오 남매 길러오신 어머니
분골쇄신 위로받고
위대한 오사임당 칭송받으며
모든 이들 추앙 속에서
평안하고 행복하시길…….

첫눈

소리 없이 내리는
밀려온 새벽
하얀 세상
보송한 솜털 같은
수줍은 미소로
아련히 다가온다

아득하게 들리는
솔바람 소리
하얀 솜을 뿌린 듯
피어난 눈꽃들이
아름답게 다가온다

눈부신 은색 이불로
산자락 고요히 덮이고
눈꽃터널 만발한 눈꽃이
손짓하며 다가온다.

산등성이 온통 새하얗고
추위 속에 피어나는
눈이 시릴 만큼
첫눈의 그리움이
가슴속 아련히 다가온다.

저물어 가는 끝자락

한 해를 보내는 끝자락
아름다운 추억
잊을 수 없는 기억들이
미소 지으며 내게로 다가온다

인생의 한 페이지를 덮고
새로운 페이지로 눈을 돌리니
노후에 즐거움이 나를 마중하고 있다

한겨울 매서운 바람은
옷깃을 파고드는데
내 마음의 따뜻한 설렘은
문학반 회원들의 만남이
내 인생의 전환점이 되었다

재치 있는 유머와 탁월한 지도력
보람된 시간 매력에 빠져
산문과 운문에 눈을 뜨고
보람된 하루하루
내 마음에 감동이 흐르는
저물어 가는 끝자락에서…….

토지 문학관

하동을 향한 우리 일행
평사리 박경리 토지 문학
타계 7주년을 맞아
평사리 최 참판 댁
앞마당 잔치 열렸네

버리고 갈 것만 남아 홀가분한
동상 135cm 제작되었고
하동 평사리 박경리 작가
생명의 땅 '토지' 민족의 땅
영원히 기록될 역사의 고장

밤하늘을 수놓은 문학의 밤
문인들의 환영의 밤 축하연
시 낭송 잔잔한 음악
소통과 공감 감동 흐르고

인고의 세월 25년
대하소설 남기신
감동의 글
존경스러운 고귀한 삶
영원히 기억하렵니다.

황혼

마음이 쉬어가는 석양 길
나그네 길동무
인생의 끝자락에
은은히 흐르는 보금자리
꿈을 꾸어가고 있다

마음이 행복해지는
아름다운 노을처럼
삶에 무게가 버거워질 때
은은한 차 향기처럼

짙어가는 그리움
추억 속에 채워
빚어낸 흔적
아련한 세월 쓰다듬어
향기롭게 불태우고 싶다.

수필 모음

내 눈에는 희망만 보였다

지난날을 회상하면서 우리 어린이집에 다녔던 장애가 있는 '성탄'이란 아이를 생각하면서 펜을 들어본다. 30여 년 전 어느 날 다섯 살 된 아이의 손을 잡고 어머니 한 분이 우리 어린이집을 방문하였다. 그 아이는 언어장애와 지체 장애가 있는 아이였다.

아이의 엄마와 상담이 이루어졌고, 아이 엄마는 남편과 만나 지금까지 그동안 있었던 일들을 내게 들려주었다.

남편과 첫선을 보았는데 남편은 뇌성마비로 장애가 있는 사람이었다. 기독교 신자인 엄마는 장애가 있는 사람을 거절하지 못하고 결혼을 하게 되었다. 설상가상으로 아이를 낳았는데 장애가 있는 성탄이가 태어났다고 하였다. 신앙심이 깊은 엄마는 성탄이를 12월 25일 성탄절 날 태어났다 하여 이름을 '성탄'이라고 하였다.

학부모의 소개로 우리 어린이집을 방문하게 되었다 하면서, "우리 성탄이는 장애를 가져 불편할 수는 있지만 불행하지는 않다. 강한 아이로 키우자. 장애를 방패로 도망치는 아이는 절대로 만들지 않겠다."라고 하였다. 성탄이 엄마의 각오는 대단하였다. "죄송하지만 우리 아이의 교육을 부탁합니다."

상담하는 동안 내내 성탄이 엄마의 교육 열정은 대단하였고, 그때 당시 보건복지부에서 장애인과 비장애인의 통합교육이 가능하므로 입학을 허락하였다. 그러나 어린이집을 운영하는 원장으로서 염려되었던 건 다른 정상적인 아이들의 학부모님들로부터 비난을 사지 않을까? 하는 걱정, 또 장애가 있는 아이가 반에 있으면 담임 선생님이 그 아이만을 너무 염려하는 나머지 다른 아이들에게 소홀하지 않을까? 하는 학부모들의 의견이 지배적이지 않을까? 하는 생각이었다.

지금은 사회복지제도가 잘 되어 장애가 있는 아이들은 국가로부터 지원금을 받고 특수교육을 받은 교사로부터 교육을 받고 있다. 그러나 그 시절에는 환경도 열악한 데다 장애인과 비장애인이 함께 통합교육을 해야만 했기에 담임 선생님의 많은 도움이 필요했다.

인지가 부족한 아이라서 옷에다 자주 실수를 하였고, 당연히 담임 선생님으로부터 손길이 많이 필요했다. 어려운 여건 속에서도 성탄이 담임은 그 반을 잘 이끌어갔고, 아이가 행복하면 나도 행복하다는 온정의 마음으로 따뜻하게 성탄이를 대해 주었다. 그 덕분에 성탄이는 선생님에 대한 무한한 신뢰를 갖게 되었고, 선생님 또한 남의 아픔을 같이 아파할 줄 아는 뜨거운 마음으로, 성탄이에게 서로 믿고 기댈만한 사람이 늘 주변에 있다는 것을 인지시켜 주는 것에 큰 보람을 느끼는 선생님의 모습이 나에게 큰 감동을 주었다.

날씨가 점점 추워지고 초겨울이 접어들면서 난방이 제대로 되지 않은 어린이집에서 성탄이는 감기가 심하더니 폐렴으로 병원에 입원하게 되는 등 이런저런 우여곡절이 많았다.

지금쯤 우리 성탄이가 어떤 모습으로 변해 가고 있을까 궁금하다. 성탄이는 비록 장애를 가졌지만 훌륭한 부모님의 사랑 속에서 잘 성장했으리라 믿는다.

유엔에서는 1981년을 〈장애인의 해〉로 정하고 각 회원국에서는 장애인 복지를 실시하도록 했다. 우리나라에서도 1981년 「심신장애자복지법」을 제정하고 4월 20일에 처음으로 장애인의 날 행사를 개최한 이후 해마다 4월 20일을 장애인의 날로 정해 이 날을 기념하고 있다.

우리나라의 경우에는 (2012년 기준) 15영역에서 장애 범주를 설정하고 있다. 지체, 청각, 언어, 시각, 정신지체 그리고 대체로 잘 모르는 영역으로 뇌병변, 심장, 신장, 간, 호흡기, 장루 및 요루(인공방광과 인공항문), 간질, 정신장애, 발달장애(자폐), 안면장애 등이다.

시각장애인용 컴퓨터 소프트웨어 스크린 리더(screen reader)를 개발했다 한다, 화면을 볼 수 없는 시각장애인들이 이어폰이나 스피커를 통해 음성으로 컴퓨터 모니터에 뜬 문서를 들을 수 있도록 해주는 프로그램이다.

이 프로그램은 특히 표준 한자(4천 888자)의 음뿐만 아니라 뜻까지 판독할 수 있는 장점이 있다 한다. 또한, 이 프로그램은 정상인이 아닌 시각장애가 있는 사람이 개발했다 하니 더욱더 놀랍고 감동적이다. 말 그대로 모니터 스크린에 떠 있는 글자를 모두 읽어 주는 프로그램이다. 소리만 듣고 문서를 작성하고 인터넷을 검색한다. 모니터 없이 소리만 듣고 컴퓨터를 할 수도 있다고 한다.

전화를 하거나 문자를 보낼 때도 버튼 음을 듣고 숫자를 인식한다. 숫자마다 다른 키의 음이 들리는 걸 모두 인식한다. 터치스크린 휴대전화는 음성으로 나온다고 한다. 오늘날의 사회를 표현하는 말로 정보의 홍수 시대라고 말한다.

정말 놀랄 만하게 사회는 변화되고 발전하고 있지만, 다만 안타까운 것은 장애인을 위한 각종 특수기기와 소프트웨어가 개발되고 있지만, 값도 비싸고, 구하기가 만만치 않다는 점이다.

나는 장애인 하면 가장 먼저 떠오른 분이 故 강영우 박사님이다. 장애를 딛고 선 그분은 의지의 한국인, 낯선 미국 땅에서 미국 이민 100년 한인 역사상 최고위직인 미국 대통령 정책 차관보를 지낸 강영우 박사는 대한민국 정부로부터 국민상 무궁화장을 추서 받았다.

고위 공직자 500명 중 한 명 백악관 국가 장애위원회 정책 차관보로서 미국에서 장애인 인권 분야에 큰 영향력을 발휘해 한국인으로서의 명예를 드높였다. 또한, 훌륭하게 자라난 두 아들은 한 집안의 가장으로서 그 몫을 훌륭히 해내었다.

큰아들 강진석 씨는 아버지 눈을 고치기 위해 안과의사로 꿈을 이루어 현재 미국 워싱턴 의사협회장이 되었고, 둘째 아들 강진영 씨는 미국 대통령 오바마 정부 백악관 특별 보좌관으로 법률 자문위원으로 일하였다.

시각장애인의 아내로 살아온 강 박사의 아내 석은옥 여사의 그 세월이 어찌 편하였겠는가? 파란만장의 세월을 눈물과 좌절을 거쳐 도전과 희망과 성취, 그리고 축복과 영광으로 한 가정에 지팡이가 되어주신, 그리고 물심양면으로 지지한 석은옥 여사는 그것이 '희생'이 아닌 '행복'이자 '감사'였다고 말했다.

강영우 박사는 힘들 때마다, "오늘의 도전은 내일의 영광이라" 라고 하면서 고인이 마지막으로 집필한 『내 눈에는 희망만 보였다』에는 시각장애를 앓고 극복한 그 열정과 꿈, 소망이 담긴, 그분의 삶에 대한 감사, 자신감, 사랑이 느껴진다.

이외 "빛은 내 가슴에", "눈먼 새의 노래", "어둠을 비추는 한 쌍의 촛불" 등 다수의 명작이 있다.

석은옥 씨는 남편의 죽음 앞에 이런 말을 하였다.

"나는 그대의 지팡이 그대는 나의 등대"라고…….

당신은 한 가족의 선명한 비전으로 내 인생을 인도해 신앙 안에서 명문가를 만드는 동반자가 되어준 남편에게 경의를 표하고 싶다고 말했다. 강영우 박사는 이런 아내를 두고 생의 마지막에 이런 말씀을 남겼다.

"항상 주기만 한 당신 좀 더 배려하지 못해서 너무 많이 고생시킨 것 같아서 미안하다. 더 오래 함께해 주지 못해서 미안하다. 내가 떠난 후 당신의 외로움을 함께 해주지 못할 것이라서…….

나의 어둠을 밝혀주는 촛불!

사랑합니다.

그리고 고맙습니다."

비록 강영우 박사는 세상을 떠났지만 지금도 석은옥 여사는 미국 땅에서 "아름다운 여인들의 모임" 회장으로서 자랑스러운 한국인으로서 남편의 뒤를 이어 나가고 있다. 돈과 권력을 많이 가진 자들이 성공한 것이 아니라 인류에게 보다 많은 지적 자산을 남기고 미래에 빛을 던지는 사람이 성공한 사람이라는 인식과 사명감으로 계속 아름다운 여인들의 모임에서 오늘도 부지런히 일하리라 믿는다.

부디 건강하고 행복하소서.

미국 여행기

2010년 11월 11일 올케언니와 함께 인천 국제공항에서 유나이티드항공으로 9시간 30분 비행 끝에 샌프란시스코 공항에 도착했다.

그런데 샌프란시스코 공항에서 문제가 발생했다. 언니와 내가 공항에서 환승할 줄 알고 공항 직원이 수화물을 다른 데로 보내버린 것이다. 조카가 샌프란시스코 공항으로 우리를 픽업하기로 했는데 수화물을 찾기까지는 시간이 걸렸다.

나는 데스크에 있는 공항 직원에게 다가가 용기를 내어, '아엠 프롬 코리아~'를 외치고, 짧은 영어로 조카가 마중을 나오기로 하였는데 공항에서 지체하는 바람에 조카를 만나지 못했다. 그럼 전화 카드나 동전이 있느냐고 물었다. 물론 없었다. 다행히 내 영어를 알아들은 공항 직원은 친절하게 전화 부스로 나를 인도했다. 그때 어디선가 조카와 세 딸이 구세주처럼 나타났다. 그렇게 뜨거운 상봉을 하고 공항 밖으로 빠져나와 집으로 향하는 길에 샌프란시스코의 랜드마크로 유명한 금문교金門橋를 지나게 되었다. 1937년 완공된 캘리포니아주 골든게이트브리지(금문교)를 지나 미국의 광활한 면적과 다양한 풍광을 차창 밖으로 마음껏 감상하면서 공항에 내린 지 2시간 만에 집에 도착했다.

오늘은 한국과 미국을 오고 가는 긴 시간 동안 많은 것을 배우는 시간이었다. 세계는 커다란 교실이며 우리 인생은 배우는 학생이라는 교훈이 생각나는 하루였다.

　며칠 뒤 일요일에 인근 한인 교회로 주일성수를 하기로 했다. 조카는 언니와 나를 교회로 데려다 주었다. 귀가할 때는 조카가 데리러 온다 했는데, 도보로 10분 거리고 찾아갈 수 있을 것 같아서 오지 않아도 된다고 했다. 그런데 초행길이어서 그랬는지 도무지 집으로 가는 길을 찾을 수가 없었다. 나는 또다시 주변의 도움을 받아 결국은 조카가 우리를 픽업하는 해프닝을 벌이고 말았다.

　미국 식료품 마트에 갔더니 갖가지 과일과 채소가 눈길을 멈추게 했다. 아기 주먹만 한 작은 사과는 때깔도 곱지만 아삭아삭하고 달콤한 그 맛은 한국 사과에 버금갔다. 한국에서는 비싼 소고기와 치즈는 얼마나 싼지 아마도 미국의 주식이라 그러지 않을까? 또한, 채소도 한국보다는 훨씬 저렴하였다.
　2009년도 언니가 미국을 처음 방문할 때는 아들 집에 간다고 고춧가루, 김, 각종 야채 말린 것들을 바리바리 가져갔는데, 미국이 훨씬 값이 싸다는 걸 알고 다음에 방문할 때에는 가져갈 필요가 없겠다고 생각했다.
　언니와 나는 시간만 나면 한국 마트에 들러 채소를 구입하여 김치를 담고 생강으로 차를 만들어 주위에 있는 교포들께 나누어 주면서 한국의 정을 나누었다.

　조카는 아메리칸 꿈이 있었기에 우주 항공학과를 전공하였고 대학 시절에는 UBF(대학생성경읽기선교회) 모임에서 열심히 활동하였다. 그런 경험과 믿음으로 미국에서 UBF(대학생성경읽기선교회)에서 Center장 일을 하고 있다.

일요일이면 향수에 젖어 있는 한국에 "엘리트"라 할 수 있는 석학들이 Center에 모여 주일성수를 한다. 각 가정에서 한 가지씩 음식을 준비해 가지고 와서 예배를 마치고 점심을 먹으면서 향수를 달랜다고 하였다.

조카는 슬하에 딸만 셋 있는데 하나님의 은혜로 착하고 건강하게 잘 자라고 있었다. 조카며느리가 간호학을 전공하였기에 먼 이국땅에서 쉽게 일자리를 잡을 수 있었고 한 가정에 가장家長 역할을 하고 있었다. 그 덕에 생활하는 데 많은 도움이 되고 있었다.

조카 부부에게 고마운 것은 본인들 집에서 한국에서 미국으로 연수나 잠시 머무는 사람에게 숙박을 제공하는 것이었다. 언제나 방 하나는 비워두어 귀빈을 기다리고 있었다. 미국에는 한국처럼 온돌방이 없으므로 침대 위에 전기장판까지 준비하여 두었기에 따뜻한 방에서 숙면을 취할 수 있었다. 그 방에서 언니와 나는 3개월 동안 미국 생활을 편안하게 지내고 왔다.

미국에 왔으니 여행을 하려고 하니 조카가 여행 코스를 소개해 주었다. 올케언니는 평소 멀미가 심하여 나만 여행을 하기로 했다. 우리 언니는 나에게 어머니 같은 존재다. 시골 가난한 농촌의 맏며느리로 내 나이 10살 바로 밑에 동생 7살 우리 막내 4살 때 시집을 오셨다. 육 남매 맏이로서 우리 집안 밑거름 역할을 하셨다. 남편인 오빠는 공무원으로서, 어려운 농촌의 생활은 언제나 언니가 도맡아 하셨다. 지금도 건강하게 생활하고 계시니 감사하다. 남은 인생도 하나님의 은혜 가운데 건강하시고 행복하세요.

여행 코스는 요세미티 국립공원, 라스베이거스, 그랜드캐년 국립공원, 로스앤젤레스 할리우드 유니버설 스튜디오, 솔뱅 몬츄레이 등이었다.

2010년 12월 13일 월요일 여행.
첫째 날 아침 4시에 기상하여, 조카와 함께 5시에 출발하여 6시 30분에 오클랜드 코리아나 플라자 앞에 도착하였다.
조카의 배웅을 받으며 관광버스로 30분 정도 달려 샌프란시스코에 도착, 엘카미도를 거쳐, 산호세를 지나, 교포 시장을 마지막으로 여행객을 태우고 서부관광 투어 4박 5일을 시작하였다.
캘리포니아 대농원 곡창지대를 지나 마리 포사에 도착하여 중식 후(양식) 요세미티 국립공원에 도착하였다 요세미티 국립공원은 하늘을 찌르는 화강암 절벽, 높고 높은 산과 폭포수의 장관에다 물소리 새소리 그리고 바람 소리가 끊이지 않는 대자연의 산으로 폭포가 절정을 이루며, 연간 관광객이 400만 명이 다녀가고 있다고 한다.

"요세미티 빌리"는 주로 숲은 붉은 소나무(레드우드) 메타세쿼이아로 우거졌다. 공원 면적은 서울의 5배 정도. 숲의 이름은 나비 숲, 나무의 장수 비결은 병충해를 막기 위해 나무 밑동을 불로 태워 무성한 잡초를 태워 없앴고, 큰 나무들이 불에 태워져 새카맣게 되어있었다.
하루 일정을 모두 마치고 저녁은 한식으로 하고 리디슨 호텔에서 단잠을 청했다.

이튿날 관광은 2010년 12월 14일 화요일.
아침 6시에 기상, 조식은 호텔식으로 마치고 캘리포니아 대 곡창지대로 포도, 아몬드, 올리브, 블루베리를 재배하는 거대한 농장을 통과, 건포도의 고장 "프레즈노"에 도착하여 점심을 먹었다.

특히 캘리포니아는 호도, 포도, 와인으로 유명한데, 그 중에서 또한 3대 골드가 있단다. 레드 골드는 와인, 블랙 골드는 석유, 옐로 골드는 황금이라고 한다.

미국은 200여 년 전, 해가 지지 않는 나라 영국으로부터 종교적 박해를 피해 이주한 청교도들이 전쟁을 통해 영국으로부터 독립한 13개 주로 시작하여 현재 50개 주로 되어있다.

프레즈노를 지나 네바다 주의 "라스베이거스"에 도착했다.

"라스베이거스"는 본래 사막지대인데 사람들이 집을 짓기 시작하면서 신도시로 상장하고 도시 한가운데 카지노 호텔 앞에 스핑크스 동상은 이집트 문화를 그대로 옮겨 놓은 것 같았다.

도박의 도시이며 꿈에 도시이기도 한 라스베이거스는 돌연히 나타난 '오아시스'이다. 네바다주 동남부 사막에 자리 잡고 있는 미국의 최대 관광도시 중 하나이다. 특히 라스베이거스는 미국 최고의 관광도시인 만큼 호텔들이 많이 있다. 이런 호텔에서는 숙박뿐만 아니라, 다양한 쇼들도 볼 수 있다.

처음엔 몰랐었는데 라스베이거스 휘황찬란한 전구 Show(쇼)는 1250만 개의 LED 조명이 사용되어, 총 550,000와트, 길이 475미터, 너비 27미터인 세계 최대 크기의 전광 화면에서 흘러나오는 음악과 함께 펼쳐지는 형형색색 빛의 향연은 황홀하면서도 경이로웠다. 이 천장의 발광 다이오드 패널을 만든 기업은 바로 우리나라 LG전자라고 한다. 우리나라 최고 기술인 LG에 대한 자부심이 느껴졌다.

2010년 12월 15일 셋째 날 수요일.

오늘은 세계 불가사의 도시 Grand Canyon National Park(그랜드캐년 국립공원)을 관광할 예정이다. 라스베이거스에서 오전 7

그랜드캐년 표지석 앞에서

시경에 출발하여 4~5시간을 달려 그랜드캐년에 도착했다.

그랜드캐년에 도착하여 중식 후 Grand Canyon에 관한 아이맥스 영화를 보았는데, 험준한 협곡에 아직도 그때 당시 원주민이 지금까지 대를 이어 살고 있단다.

세계 7대 불가사의 중 하나인 그랜드캐년은 미국 애리조나주에 속해 있다. 애리조나주의 수도는 피닉스, 주의 크기는 우리나라 3배 반 정도이다. 그랜드캐년 안에 로키산맥과 콜로라도강이 흐르고 길이는 한국의 규모와 비교해 볼 때 그 길이가 서울에서 부산까지의 고속도로 길이보다 좀 더 길고 깊이는 태백산 높이에 해당한다고 한다. 이 그랜드캐년의 그 웅장함이야말로 신이 주신 선물이라고 할 수 있다.

2010년 12월 16일 목요일.

넷째 날, 콜로라도 강변의 휴양도시 Casino Hotel(카지노 호텔)에서 잠을 자고 5시에 기상하여 6시 30분에 출발하여 캘리포니아 모하비 사막을 가로지르며 LA에 도착, 한국 식당 최가네에서 불고기로 점심을 먹었는데 한국보다 질도 좋고 어찌나 저렴한지 계속 리필이 가능하였다.

로스앤젤레스 Hollywood Universal Studio(할리우드 유니버설 스튜디오) 영화 촬영장 관광이다. 실제로 유니버설 영화사에서 사용하는 스튜디오라고 한다. 정말 대단하다고 느꼈던 것은 세트장의 규모였다. 갑자기 천둥이 치고 비가 내리더니 홍수가 밀려오더니 뒤쪽에서 사람들이 웅성거려서 보니 홍수가 들이닥치고 있었다. 여기 세트장에서 직접 영화 촬영을 한다는 것을 실감했다.

로스앤젤레스는 한국인들이 거주하는 코리아타운으로 유명한 곳이다. LA는 우리 한국인이 미국에 하나의 도시를 이루고 있고 미국 50개 주 중 2번째로 큰 도시라고 한다. 우리 교민들의 터전이기도 한 LA에서는 우스갯소리로 돌을 던지면 우리 한국인(재미교포) 70~80%가 맞는다고 한다.

모하비 사막은 5시간을 달려도 집도 사람도 드문드문 보이고

할리우드 유니버설 스튜디오 앞에서

자동차만 몇 대 달릴 뿐이다. 120칸이나 달고 가는 기차가 각종 농산물을 싣고 가는 걸 볼 수 있었다.

2010년 12월 17일 금요일.

미국 서부관광 5일째 마지막 날이다. 오늘은 태평양 1번 퍼시픽 도로를 따라 샌타바바라 비치 드라이브 덴마크 민속촌 솔뱅 풍차 마을 몬츄레이 17마일 드라이브를 여행했다.

솔뱅은 1911년 덴마크계 미국인들이 모여 생긴 마을이다. 서해안의 덴마크계 사람들이 행사가 있을 때마다 모이는 미국 속의 덴마크로 대니쉬 빵과 과자, 도자기류, 목공예 품과 보석 장신구 등 아기자기한 물건들을 파는 가계들이 많았다. 덴마크 민속촌 솔뱅에는 풍차가 4개 있으며 동화작가 안데르센 흉상이 공원 가운데 있다 하였는데 보지는 못했다.

덴마크는 백인에 속하며 소수민족이기 때문에 지금도 멸시를 받고 있다 한다. 옛날에는 몬츄레이 항구가 대단했지만, 지금은 문명의 발달로 인하여 비행기를 이용하고 항구는 거의 이용하지 않는다고 한다. 고기는 잡지 않으며 전복은 3개까지는 채취할 수 있으나 크기가 7인치 이하는 못 잡는다고 한다.

몬츄레이에는 페블비치가 있고 세계적인 골프 코스가 많아 매년 토너먼트가 열린다고 한다. 2000년 열린 US 오픈 선수권대회에서 골프 신동 타이거 우즈가 우승한 뒤에 더욱 유명해졌다고 한다.

17마일 드라이브는 진짜 환상의 드라이브 코스다. 17마일 드라이브는 몬츄레이 근교에서 가장 볼만한 명소로 아름다운 자연과 최고급 골프장, 부호들의 저택 등이 모여 있어 최고의 드라이브 코스라고 한다. 몬츄레이는 미국에서도 엄청 부자 동네인데 집값이 100억 정도 하는 곳이란다. 이곳은 너무 아름다워서 지나가는 버스에도 주민들 요청에 요금을 받는다고 한다. 골프를 좋아하는 사람들에게는 좋은 선물이 될 것 같아 페블비치 기념 모자와 셔츠를 구입했다.

몬츄레이 환상적인 관광을 마치고 산호세 교포 시장에 7시에 도착 샌프란시스코 8시 20분 도착 오클랜드에 코리아나 플라자 앞에 9시 도착 4박 5일 여행을 무사히 마치고 조카가 픽업을 하여 밤 11시에 집에 도착했다.

매우 만족한 여행이었다.

2010년 12월 19일 일요일.

저녁 7시에 교포들이 모여 찬양대회가 있었다. 먼 고국 땅 대한민국을 떠나 미국에 와서 외롭게 지낸 교포끼리 친교와 신앙으로 모인 성도들 모습이 참 정겨워 보였다.

2010년 12월 22일 수요일.

조카와 함께 골프를 하였다. 집에서 10분 거리의 골프장인데 그린피는 한국 돈으로 만원 장비는 무료 대여 미국에 온 보람을 느꼈다. 자연을 훼손하지 않고 필드는 한국처럼 아름답게 조성하는 것이 아니라 자연 그대로 이용하면서 시민들 누구나 이용할 수 있는 체력 단련장이라 할 수 있었다.

2010년 12월 27일 월요일.

조카 부부가 우리를 위하여 직장에서 휴가를 냈다. 김밥, 고구마튀김, 과일, 과자 등을 준비하여 출발하였다. 연말연시라 차가 좀 정체하기는 하였다. 몬츄레이 가는 길에 어느 공원에서 집에서 준비한 김밥으로 점심을 먹고 지난번 여행 때 가 본 코스지만 워

낙 유명한 거리라서 덴마크 술뱅을 거쳐 몬츄레이 항구를 끼고 달리는 17마일 거리는 신나는 거리다. 저녁에는 힐튼 호텔에서 준비해온 음식으로 해결하고 온 가족이 모여 윷놀이를 하였다.

아침은 호텔 음식으로 간단히 먹고 몬츄레이 유명한 항구도시 수족관에 들러 바다에서 자란 각양각색의 희귀한 동·식물들을 구경하고 중식은 Chinese Restaurant(중국 식당)에서 먹고, 샌프란시스코로 향했다.

샌프란시스코 골든게이트브리지(금문교)는 100년 전에 건설하였다는데 지금도 튼튼하며 미국의 역사에 견주어 자랑할 만하다.

우천 관계로 다운타운 구경은 못 했지만, 미국 생활에 바쁘게 살아가는 조카 가족에게 귀한 시간 내어 좋은 구경시켜주는 것 정말 감사하며 잊지 못할 추억을 또 하나 쌓았다.

그즈음 언니와 나는 Korea Drama(한국 드라마)에 푹 빠졌다. 조카가 CD를 빌려와 '하얀거탑', '신의 저울', '제빵왕 김탁구', '파리에 연인' 등등을 보느라 밤잠을 설치며 재미에 빠졌다.

2011년 1월 4일.

한국에서 사랑하는 조카 순선이한테 E-mail이 왔다. 한국에는 30년 만에 강추위로 눈도 많이 오고 소 구제역, 신종플루, 게다가 북한의 만행 때문에 사람들이 움츠러들고 있다고 편안하게 미국에서 3개월 비자가 끝나면 귀국하라는 한국의 소식이다.

그러나 고국 고향이 그립기만 하다. 여기 캘리포니아 날씨는 겨울이지만 비가 많이 오고 비교적 포근한 편이다. 캘리포니아의 2월은 완연한 봄 날씨(2월 중순임에도 섭씨 16도~28도 정도)이다.

"순선아! 금년 새해는 너의 최고의 해가 되길 바란다.
그리고 하나님의 사랑이 영원하길 바란다."

2011년 1월 22일 월요일.

오늘은 아침 일찍부터 김밥을 준비하여 1932년 미국 동계올림픽이 열렸던 레이크플래시드 스케이트장으로 여행을 하기로 했다.

그 규모가 대단했다. 양쪽 도로변에는 2미터가 넘는 눈이 산더미처럼 쌓여 있는데 도로 한가운데는 눈이 말끔하게 치워져 미화 작업이 잘 되어있었다. 지금은 일반이 스케이트를 즐기고자 찾아온 사람들로 인산인해 주차장 규모는 얼마나 큰지 미국의 광활한 땅이야말로 사람들의 마음을 넉넉하게 해주었다.

우리 조카 가족은 스케이트를 즐기지 못했지만 준비해간 눈썰매로 아이들이 즐거운 하루를 보냈다. 겨울에는 스케이트로 여름에는 물놀이로 관광객이 많이 찾아온다고 한다. 전번 여행 때와는 또 다른 묘미를 느낄 수 있었다. 우리 조카 부부에게 감사하고 고마웠다.

2011년 1월 30일 일요일.

어젯밤부터 비가 많이 내리고 있다. 조카며느리가 자기 차 열쇠를 건너 주면서 비가 내리고 있으니 교회 갈 때 자동차를 이용하라고 했다. 한국에서 출국 전에 국제 운전면허증을 발급받아 온 것이 큰 도움이 되었다. 그날따라 어느 권사님 남편 팔순 잔치를 교회에서 하게 되었다.

자녀 네 분을 두었는데 세분은 미국에서 생활하고 한 분은 홍콩에서 거주하는데 부모님의 팔순 잔치에 가족 모두가 한자리에 모였는데 정말 아름다운 모습 그 자체였다.

2011년 1월 31일 월요일.

우리나라 고유 명절 구정을 보내기 위하여 한국 마트에 들려 떡국, 과일, 채소 등을 구입했다. 이 한국 마트는 오클랜드에도 체인점이 있고 여기 새크라멘토에도 있다는데 이 재미교포들이 경제적으로는 성공한 사람들이었다.

사랑하는 고국을 떠나 언어가 다른 타국에서 피나는 노력 끝에 얻은 고진감래가 아닌가 싶다. 며칠 전, 이 마트 비디오 가게에서 CD를 구입했는데 친절하게도 오늘 환불을 받았다. 그리고 한국에 가지고 갈 CD(신의 저울, 천국의 계단, 제빵왕 김탁구)를 구입했다.

2011년 2월 20일 목요일.

오늘은 미국에 온 지 3개월이 다 되어 한국으로 출국하는 날이다. 샌프란시스코 공항에서 11시 10분에 출발할 예정이다. 아침 7시에 출발하여 샌프란시스코 공항에 9시 20분경에 도착하였다. 출국 절차 중에 많은 시간이 소요되었다.

미국 항공을 이용했기에 30파운드 무료 소화물이 가능한데, 가족 친지에게 드릴 영양제, 오메가3 등을 준비하였다. 한국 기준으로 잘못 생각하고 30kg로 생각하여 무게가 넘어 많을 걸 뺏기는 기분이라서 마음이 안타까웠다.

마지막 게이트를 통과하는데 기내에서 비행기 출발시각이 다 되었으니 한국 탑승객 오덕남, 김흥순 빨리 기내로 탑승하라고 방송이 흘러나오고 있었다. 언니와 나는 서둘러 기내에 간신히 도착했다. 그리하여 2월 11일 금요일 오후 4시 10분에 그리운 인천공항에 도착하였다.

미국에서 보고 느낀 것이 참 많았다.

자연은 본인이 누려야 할 것이 아닌 후손들로부터 잠시 빌려왔다는 그들의 성숙한 선진문화, 의식들도 인상 깊었다. 무엇보다 사람들이 친절하고 남을 배려하는 모습이 좋은 인상으로 남아있다. 확실히 미국 문화는 관광 인프라가 잘 구축되어 있음을 알 수 있었다.

토지 문학관 기행

녹색 짙어가는 풍경 따라 차창 밖으로 들어오는 싱그러운 바람이 코끝을 간질이고, 설레는 마음으로 여행을 떠나는 들뜸 때문인지 좋은 사람들과 한자리하니 더 기분이 좋았다.

드디어 버스는 출발하여 하동을 향해 달려가고 있었다.

가을 하늘은 물감을 풀어놓은 듯 파랗고 누렇게 익어가는 황금 들녘은 보는 마음을 살찌게 하고 벌써 하동 평사리 박경리 토지 문학관에 도착한 기분이다.

우리 일행은 하동 평사리에 도착하여 점심을 먹고 작가 박경리 선생의 동상 제막식 장소로 이동하고 있었다.

선생은 평소 도보로 문학관을 이동할 때 인근 주민들에게 많은 박수갈채를 받았다 한다.

선생이 즐겨 걸었던 그 길을 따라 하동 평사리 박경리 토지 문학관에 도착하여 보니 기념식장에는 선생의 딸 김영주 토지문화 재단 이사장과 토지문화재단, 문인협회 회원, 하동군 군수를 비롯하여 군민들이 행사 준비에 분주하였다.

이번 행사의 주최는 하동군이며 주관은 토지문화제 추진위원회에서 준비한 행사로 거국적인 행사였다. 서울을 비롯해 경기도 전라도 강원도 등지에서 많은 문인이 참석하였다.

하동군은 박경리 선생님 타계 7주년을 맞아 선생의 문학적 삶과 뜻을 기리고자 평사리 최참판댁 하동농업전통문화전시관 앞마당에 선생의 동상(세계적인 권위자 권대훈 서울대학교 미술대학 조소과 교수가 맡았다)을 건립했는데, 동상은 청동으로 높이가 135cm로 제작되었으며 동상이 딛고 선 검정 대리석에는 '버리고 갈 것 많아 홀가분하다.'라는 평소의 선생의 사모하는 글귀가 새겨졌다.

박경리 선생님은 이렇게나마 기념하기 위해 동상을 마련하는 것조차 싫어할 것 같아서 조그맣게 마련했다는 것이다.

너무 겸손하신 선생의 그 모습조차 인자하신 따뜻한 어머니의 모습이셨다. 마치 우리 어머니를 보는 듯 따뜻한 정감이 넘치는 분이었다.

진행은 시종일관 엄숙했다. 기념식이 끝나고 우리 일행도 선생의 동상 앞에서 기념촬영을 하고 다른 공연장으로 이동했다.

하동의 가을은 문학으로부터 시작하고, 또한 하동은 '생명의 땅' 토지 민족의 땅, 하동이라고 한다.

그만큼 하동 평사리는 토지와 깊은 인연이 있으며 2001년부터 매년 10월 둘째 주 토요일에 토지문학제가 개최되어 소설 토지의 업적을 기리기 위해 진행하는 행사로 올해는 열다섯 번째 열리는 행사다.

전국 최고의 시상금을 자랑하는 토지문학제는 하동과 평사리를 소재로 쓴 글이며, 평사리 문학 대상, 평사리 청소년문학상, 하동 소재작품 상, 특별상 공모전에는 전국 각지에서 소설, 시, 수필 등으로 많은 상을 받았으며 상금도 대단하였다.

참석하는 모든 분에게도 많은 책으로 선물을 하였다.

나도 역시 귀한 책 선물을 받았다.

하동 평사리는 박경리 작가와 함께 영원히 기록될 역사의 고장이 아닌가 한다. 저녁 식사 후 문학 축제가 시작되었다. 밤하늘을 수놓은 색색의 빛들이 문학의 밤을 더욱더 화려하게 만들어 주었다.

밤 7시에 환영의 축하연으로 즐거운 축제가 시작되었고, 각지에서 오신 문인들은 개인의 재능과 끼를 마음껏 발휘하고 특별히 시 낭송은 잔잔한 음악과 함께 분위기를 한층 격을 높이고 시를 통해서 소통하고 공감하며 몸과 마음을 힐링하는 시간이었다. 노래의 선율은 하늘에 울려 퍼지고 눈으로 읽고 마음으로 느끼는 아름다운 언어이며 영혼을 맑게 하는 밤이었다.

우리 광주에서 참석한 회원님께서는 마술을 선보이기도 했다. 산속의 밤은 기온이 낮아 추위가 엄습했다. 9시경에 숙소로 돌아와서야 비가 오기 시작하였다. 모든 기념식이 끝나고 비가 오니 정말 감사한 하루였다.

낮에 행사 때도 하동 외엔 비가 많이 내린다고 했는데 검은 구름이 하늘을 덮어 줄 뿐 비는 내리지 않아 행사는 아무런 지장 없이 치를 수 있었다. 축복의 하루였음에 감사했다.

우리 일행은 숙소에서도 쉽게 잠을 못 이루고 문학에 관한 많은 이야기를 나누었다. 특히 박경리 선생의 이야기로 꽃을 피웠다.

박경리 선생은 많은 글을 집필하였지만, 특별히 '토지'는 하동 평사리로 전개되며, 1969년부터 1994년대까지 25년이란 세월에 걸쳐 이어진 대하소설로 4세대에 걸친 한 가족사의 이야기를 통해 인간의 삶과 우리 민족의 삶의 현실과 시대적 아픔이 개인의 아픔으로 우리 민족의식과 역사의 총체적 작품으로 하동 평사리의 대지주 최씨 가문의 비극적인 사건이다.

또한, 선생은 2007년 7월 말 폐암이 발견됐으나 고령을 이유로 치료를 거부하였다 한다. 그러므로 병세가 악화하여 그 후 뇌졸중 증세까지 나타나서 결국 입원 후 의식불명 상태에서 2008년 5월 5일 세상을 떠났다는 것이다.

정부는 박경리 선생의 사망 직후 금관문화훈장을 수여했다는 것이다…….

평소 선생은 욕심부리지 않는 소박한 삶을 살았고, 내 것만 챙기는 외로운 부자가 되고 싶지 않다며, 헛된 마음을 비우며 강하면서도 따뜻한 마음으로 우리에게 많은 감동의 글을 남겼다.

박경리 작가 탄생 90주년을 맞아, 원주 박경리문학공원에서는 선생의 문학 콘텐츠를 바탕으로 단편 낭독 공연, 시 낭송 대회 및 서사 음악회 체험·전시 행사 등 다채롭게 진행되며, 고향 통영에서도 많은 축제가 있었다 한다.

하동군과 토지문화제 추진위원회 배려로 하동의 평사리에서 하룻밤의 피로를 풀고 아침을 먹고 하동 평사리 갈대숲 길, 섬진강 줄기를 타고 박경리 길을 걷기 시작했다.

섬진강변을 흐르는 물줄기 따라 오솔길을 걸었다.

아름다운 하동의 경치를 바라보며 하동의 멋진 풍광이 위대한 박경리 선생님을 탄생시킨 고을이었구나 하는 생각을 했다. 점심과 더불어 해단식을 끝으로 뜻있는 토지문화관의 방문을 마치고 우리 일행은 광주로 향하였다.

하동 평사리 토지문학관은 작가님의 자존심이며 평생을 살아온 역사의 장이기도 하다.

또한, 선생은 이런 말씀을 하셨다 한다.

'내가 행복했다면 문학을 하지 않았을 것이다.'라고 했다 한다. 선생이 살아내야 했던 고통만큼 치열했던 글쓰기 속에서 이뤄낸 꿈이 아닌가 싶다.

25세의 젊은 나이에 홀로 딸 김영주(토지문화재단, 이사장)를 키우면서 집필에만 전념해 삶의 역사에 길이 남을 토지라는 대작을 남기셨다. 선생님의 역경을 이기며 사신 고귀한 삶을 존경하며 후대에 길이 남을 당신의 역사를 영원히 기억하련다.

부디 당신이 집필하신 토지에서 편히 영면하소서……

5월의 아이들

KBS 가정의 달 특집 『5월의 아이들』은 죽음에 맞서 성장하는 네 아이와 그 곁을 지키는 서울대학교 어린이병원 소아 완화의료 팀 김민선 교수가 120일간 기록한 휴먼 다큐멘터리다. 국내에 전무한 소아 완화의료 호스피스 시스템의 필요성을 아이들의 입을 통해 죽음에 맞서 성장하는 아이들을 돌보는 의사들의 시선으로 기록한 치료의 기적마저 외면한 희귀중증 질환 짧은 생의 대부분의 시간을 병원에서 보내면서도, 마지막 순간에 고통과 함께 살아가는 그 안에서 의미와 행복을 찾아가는 것이 인생이라는 세상에서 가장 아픈 슬픔 속에서 봄을 향해 함께 자라나는 의사와 아이들의 이야기로 이어지는 글이다.

1편 "사랑할 수 있는 시간" 2편 "내가 곁에 있을게" 주제로 KBS에서 지난 어린이날 특집 방송으로 방영하였다.

국내 최초로 소아 완화의료팀 서울대학교 어린이병원 김민선 교수가 소아청소년과 혈액 종양 전문 의사로서 아이들의 삶과 통증완화 치료의 필요성을 느낀 프로그램이다. 치료가 불가능한 아이들에게 아무것도 해줄 수 없다는 사실에 좌절한 김민선 교수가 소아 완화의료를 공부해 지금까지도 소아 호스피스 시스템을 정착시키기 위해 고군분투하고 있다.

완화의료는 질병 자체의 치료를 넘어 통증을 완화해주기 위한 의료적 접근을 병행하는 걸 의미한다고 한다. 환자의 치료뿐 아니라 가족들의 심리적 부담도 함께 나눈다. 아픔 속에서도 하루하루 성장해나가는 아이들의 "삶" 또한 충분히 가치 있는 것이다. 비록 남들보다 조금은 짧은 생을 살아갈지라도, 아이들은 하루하루 놀고 웃으며 성장해야 하는 것이다. 그리고 아이들의 하루하루는 가족들에게 행복의 의미를 일깨운다.

5월 5일 어린이날, 아픈 아이들 그들의 마지막 순간, 단순히 울면서 보는 다큐멘터리에서 끝나지 않고, 아이들이 남은 시간 동안 가족들과 덜 고통스럽게 마지막을 준비할 수 있는 방법에 대해 함께 생각해볼 수 있는 다큐멘터리로 이어졌다.

그래서 김민선 교수가 병원이 아닌 집에서 가족들과 함께 시간을 보내고 있는 아이들을 방문하는 모습은, 5월 아이들은 가장 의미 있는 일이다.

생후 2개월에 악성 뇌종양 진단을 받은 시한부 선고를 받고 아현이 엄마는 치료를 중단하고 집에서 아현이와 함께할 수 있는 최대한의 시간을 활용한다. 위급한 순간에 아현이의 집으로 달려간 김민선 교수가 가정방문이 있기에 가능한 일이었다. 24시간 내내 엄마 품에 안겨있는 아현이는 엄마와 함께한 5개월 엄마의 얼굴만 봐도 미소 짓던 아현이는 엄마의 품속에서 새파랗게 변해버린 작은 손, '다시 엄마한테 온다면 정말 잘해줄게. 이제 무서워하지 마.'

엄마는 아직 준비 안 됐는데 "왜, 그래"라고 통곡하는 엄마의 모습을 외면한 채 아현이는 120일의 촬영 기간 도중 결국 하늘나라로 떠나고 말았다. 엄마의 따뜻한 품 안에서 세상과 영영 이별하는 아현이와의 마지막 순간을 함께할 수 있게 도와준, 완화

치료를 돕고 있는 김민선 교수가 있기 때문이 아닐까 생각한다.

백혈병을 앓고 있는 13살의 현우. 여러 번의 항암 치료에도 별다른 효과가 없어 어린이병원에서 가족과 함께 마지막을 준비하고 있다. 엄마·아빠, 그리고 자신을 무척이나 잘 따르는 동생 단유와 함께 하루하루를 소중하게 보내고 있다. "나는 죽어도 엄마, 아빠, 동생을 다 볼 수 있지만, 하늘에서 내려다보면 되니까, 그런데 엄마·아빠 동생은 나를 볼 수 없잖아요. 그게 가장 슬퍼요."하며 자신의 죽음을 받아들이는 현우, 하지만 현우에게 허락된 시간은 많지 않아 보이는데…… 현우 곁에서 김민선 교수는 지금 겪는 혼란, 불안한 마음이 당연한 일이라고 다독여준다. 24시간 동안 현우의 몸에 들어가고 있는 진통제는, 암세포와의 투쟁 중에도 현우가 웃을 수 있는 이유다.

'통증 완화치료' 덕분이다. 그리고 가족과 함께 있는 것이다. 급성백혈병 현우는 임파선과 얼굴까지 퉁퉁 부어서 진통제를 투여하고 모르핀까지 동원한다. 아이의 고통을 덜어주기 위하여 현우 엄마는 아들의 손을 꼭 잡고 사랑을 속삭인다. 엄마는 현우를 너무 사랑해, 진통제로 하루하루 버티는 현우와 김민선 교수는 현우의 가족이었다. 교모세포종(악성뇌종양)을 앓고 있는 열일곱 살 수진이는 치료를 중단하고 마지막을 집에서 엄마와의 데이트로 하루하루를 보내며, 죽는 건 안 두려운 데 아픈 게 두렵다고 말한다. 김민선 교수가 가정방문을 통해 통증 완화치료를 도와주고 통증을 조절해주기 위해 직접 수진이 집을 방문한다.

수진이를 만난 김민선 교수는 조심스럽게 죽음에 대한 이야기를 꺼내고, 수진이는 되레 무거운 김민선 교수의 마음을 어루만진다. "증세가 악화되어 다리가 마비되어 걸을 수가 없게 되니

걸을 수만 있었으며 좋겠어요."라고 말하며 "제가 죽으면 감각이 없어지지 않나요? 그러면 행복할 것 같아요." 얼마나 아팠으면 죽음을 택했을까? 피아노를 좋아하며, 작가가 꿈이었던 수진이는 죽음을 준비하였고, 사랑하는 딸을 위하여 눈물로 기도한 엄마와 세상을 뒤로하고 꽃다운 나이로 영영 떠나버렸다.

15살의 승재는 전 세계 200명밖에 없는 희귀질환 고함스병과 싸우고 있다. 고함스병은 정확한 원인 없이 뼈가 녹아내려 혈관종이 생기고 호흡곤란까지 유발되는 무서운 병이다. 고함스병은 기본적으로 치료가 불가능하다 한다. 시간이 지나면서 반복되는 고통과 장기입원의 지겨움에 짜증을 내기 시작하는 승재, 엄마는 그런 승재 곁에서 아이의 아픔을 껴안을 수 없어 늘 안타까워한다. 온몸이 피투성이 된 승재를 보면 엄마는 겁이 났다. "건강하게 낳아 주지 못해 미안해" 승재의 고통을 차마 볼 수가 없어 엄마는 아들에게 속삭인다. 곁에서 지켜보는 김민선 교수는 미안한 것보다 차라리 편안하게 보내주고 싶다는 생각을 할 것이다. 승재는 갑작스러운 패혈증으로 호흡곤란을 겪으면서 중환자실을 자주 드나든다. 산소호흡기로 연명한 승재는 본인도 치료가 안 된다는 것 알고 있다. 기적이 일어난다 해도 언제 일어날지도 모른다며 죽음을 준비하고 있다. 고민에 빠진 김민선 교수는 소아 완화의료에 대한 답을 찾기 위해 미국 오하이오 주 애크론 어린이병원을 방문한 그녀가 그곳에서 느낀 진정한 의미의 완화의료란 무엇일까?

미국, 영국, 일본 등에서는 어린이들을 위한 전문 시설을 만들어 활발히 소아 완화의료 서비스를 제공하고 있다 한다. 미국 어린이병원 내 소아 완화의료팀 수는 112개가 넘으며, 소아완화의료팀의 도움을 받고 있는 대상 아동은 약 3백만 명에 이른다 한다. 미국 전체 소아·청소년의 4%에 육박하는 수치다.

현재 우리나라에서 희귀 중증질환을 앓고 있는 아동 수는 5만여 명. 이로 인해 사망하는 아동 수는 매년 1,300여 명에 이른다 한다. 하루 평균 약 3.6명이다. 하지만 소아 완화의료, 호스피스 시스템은 국내에 거의 전무하다.

한국의 아동기 사망원인 1위인 소아암에서부터 5,000여 종에 이르는 희귀난치병까지, 희망으로 버티는 긴 투병 과정에서 아이들은 고통 속에서 지내고 있다.

서울대 어린이병원 소아 완화의료팀은 작년 5월부터 팀을 운영했다. 하지만 아직 직제도 편성되지 않았을 정도로 걸음마 수준이다.

소아 호스피스, 완화의료 전문 기관은 전무한 현실이다. 대부분의 중증질환 아동들이 통증 조절 등의 완화의료를 받지 못하고 낮은 삶의 질 속에서 사망하고 있는 셈이다.

소아 완화의료팀에서도 1년 동안 37명의 아이들을 떠나보내고, 생과 사를 오가는 불확실한 시간 속에서 외로움과 두려움에 길들여진 아이들. 소아 완화의료팀은 이들의 시간을 행복으로 채워주고 그들 곁에 김민선 교수가 있다. 우리나라도 소아 완화의료팀이 발전해서 아픈 아이들과 가족들에게 힘이 되었으면 하고…….

우리 아이들과 같이 생각하면서 꼭 봐야 할 휴먼다큐 가슴 아프지만, 감동이 있는 "5월, 아이들"이 시간 곁에 있는 사람들과의 사랑하는 시간을 많이 가지고 우리 아이들과 나의 사랑하는 가족들의 건강함에 다시 한번 감사하게 생각하고 소아완화 치료 팀에게 응원의 박수를 보내고 싶다.

제14기 수습기자 선발

천직으로 생각했던 어린이집을 퇴임하고 평소에 희망하던 사진 작가가 되고 싶어 전국 사진 촬영대회에 50회 입선을 통해 자격증을 획득하게 되었다. 무거운 세팅 가방을 짊어지고 전국 명소를 찾아다니며 앵글에 초점을 맞추어 피사체를 담아가며 전시회를 통해 자신의 정체성을 찾아서 보는 귀한 시간이 즐거움이 되었으며, 또한 카메라에 담아온 이미지를 움직이는 영상으로 변신하니 한층 즐거움이 더해 갔다. 이걸 재능 기부를 해 보자는 생각에 우리 일행은 새벽잠을 설치고 광주고속터미널에서 아침 7시 50분 서울행 버스에 몸을 실었다. 실버넷뉴스 제14기 수습기자 선발 교육에 참석하기 위하여 나의 노년 생활에 또 하나의 도전을 향해 나선 것이다. 특히 진봉진 씨는 제주도에서 사진 촬영을 하다가 아침 비행기로 서울에서 합류하기로 했다. 설레는 마음으로 강남터미널을 거쳐 지하철을 두 번 갈아타고 교육 장소인 성동 청소년수련관에 도착하여 보니 전국 각지에서 온 실버들이 이미 접수를 마치고 자리를 차지하고 있었다.

우리는 주최 측에서 마련한 음식으로 점심을 해결하고 오후 1시에 교육에 임했다.

입추의 여지가 없을 정도로 많은 사람이 자리한 가운데 최복희 기자의 사회로 교육이 진행되었다. 정태명 실버넷뉴스 위원장(성

균관대 정보통신공학부 교수) 인사말에 이어 김의배 편집국장의 간부 소개와 지역별 기자 소개가 있었다. 전국적으로 실버넷뉴스 기자단이 결성되어 있는데 광주지역 기자단 활동이 저조하다는 말을 듣고 안타까웠다. 그런 이유로 우리는 백상덕 지부장님의 주선으로 이번 실버넷뉴스 제14기 수습기자 선발 교육에 동참하게 되었다. 1교시는 석동율 자문위원의 보도 사진 촬영법 강의, 2교시는 한기호 자문위원 영상 촬영기법 강의, 3교시는 최수묵 동아일보 기획위원이며 실버넷뉴스 주간의 기사 쓰기 요령에 대한 강의가 있었다.

기자 중에는 86세로 활동하는 기자가 있는가 하면 멀리 미국 (국제부)에서 직접 취재하여 인터넷으로 기사를 올린다는 이야기를 듣고 나이는 숫자에 불과하다는 사실을 확인할 수 있었다.

노후에 재능 기부를 하며 살아가는 실버들의 멋진 사고방식이 참 아름답다는 생각이 들었다. 많은 나이에도 불구하고 우리 사회를 위해 봉사하는 고급인력들을 보면서, 고희를 바라본 나의 삶 속에도 인생은 칠십부터라는 생각이 뇌리를 틀었다. 특히 제3교시 최수묵 동아일보 기획위원의 강의가 기자로 활동하는데 유익한 시간이 되었다. 이번 실버넷뉴스 제14기 수습기자 선발 교육과정이 3차에 걸쳐 있는데, 1차 과제가 독거노인들의 실태를 탐방하여 가사를 올려 보고하게 되었지만, 우리 광주팀은 영상미디어 제작으로 대체하기로 하였다.

광주팀은 영상미디어 제작반으로 전문가 선생의 지도로 수강을 받는 그룹이다. 실버넷뉴스란 실버들이 주축이 되어 인터넷 신문을 만들어 실버들의 권익을 대변하고 있었다. 2000년 6월 실버넷 운동본부로 출발하여 지식정보사회에 소외되는 노년층에 대한 디지털 격차 해소를 위해 정부 지원을 받아 무료 인터넷 교육을 하였고, 2002년 1기로 결성되어 올해는 14기 수습기자 배출을 위해 교육을 진행하고 있다. 정보화 시대를 살아가는 사람들에게 IT는 빼놓을 수 없는 기술 중 하나이다. 2007년 7월 12일 자 아사히신문 TOP 기사로 국제면 전체를 장식할 정도로 한국의 실버넷 기자단 활동상이 소개되었다고 한다.

역시 IT 강국은 대한민국이라는 사실이 자랑스럽다. 아직 우리 사회는, 노인은 수혜자이고 보살펴야 할 대상이라는 인식이 강하다. 하지만 최근에는 경제 및 지식수준이 높은 실버들이 늘어나면서 은퇴 후에도 자원봉사활동을 희망하는 비율이 점차 증가하고 있다.

실버 자원봉사는 그들이 쌓아온 전문 능력을 발휘할 기회임은 물론, 지역주민에게 다가감으로써 실버에 대한 인식 전환과 권익, 개선 그리고 노후의 보람된 생활을 할 수 있도록 다양한 봉사를 하고 삶의 위안을 얻으며, 끊임없이 자기발전과 자아실현을 꿈꾸고 있는 실버들이 성동 청소년수련원에 모였다.

3교시 강의가 끝나고 인근에 있는 예약된 식당으로 이동하여 저녁 식사를 마치고 커피숍으로 이동하여 모바일뉴스부 김종화 기자로부터 자신감을 가지고 도전해야 한다는 경험담은 수습기자들에게 자신감을 심어주었다. 시간에 쫓긴 우리 일행은 지친 몸으로 강남터미널에서 광주행 버스를 타고 자정이 다 되어 도착했다. 비록 몸은 피곤했지만, 그 어느 때보다 보람 있는 하루를 보냈다는 생각에 행복한 미소와 아름다운 시간은 오래도록 기억될 것이다.

실버넷 뉴스기자

　언제부터가 나는 날마다 메일을 열어보는 습관이 생겼다. 오늘도 우연히 메일을 열어보았더니 실버넷뉴스 권미영 사무국장께서 합격 통지를 보내왔다.

　"실버넷뉴스 제14기 기자단에 최종 합격하셨음을 알려드립니다. 실버넷뉴스의 새로운 가족이 되신 것을 진심으로 축하드리며, 실버세대의 대변자로서 열심히 활동하여 주시기 바랍니다."

　합격 안내와 함께 6월 30일 기자단 발대식에 참석하는 일정을 통지해 왔다.

　광주 공원노인복지관에서 영상미디어 영화편집 수업에 참여하여 파워디렉터 교육을 받으며 수업을 함께하는 백상덕 지부장의 제의를 받아 실버넷뉴스 기자단 원서를 제출하는 동기가 되었다.

　지난 2016년 3월 25일 실버넷뉴스 제14기 수습기자 선발 1차 교육을 성동 청소년수련관 1층 대강당에서 교육을 받았다.

　1교시 실버넷뉴스 소개,

　2교시 보도 사진 촬영법,

　3교시 실버넷뉴스 집중 교육을 받았다.

　이날 교육받았던 실황을 영상으로 촬영 편집하여 1차 과제를 통과하였다.

우리 일행은 2차 교육을 위하여 이른 새벽 밤잠을 설치고 서울 행 버스에 몸을 실었다.

2016년 4월 22일 오전 11시에 2차 교육이 성동청소년수련관 1층 대강당에서 교육이 있었다.

1교시 기사취재 및 작성법,

2교시 보도 사진 찍는 법.

3교시, 기자 리포팅 나는 기자다.

실버넷뉴스는 국제부, 사회부, 사진부 등등 10여 개 부서가 있는데 나는 영상부로 지원을 했기에 이번 2차 과제도 영상물 포충사 고경명 선생의 일대기를 올렸다.

2016년 5월 26일 3차 교육이 역시 성동청소년수련관 1층 대강당에서 있었다.

1교시 기사 작성과 맞춤법,

2교시 기자가 된다면 어떻게 할 것인가,

3교시 기사취재 및 작성법, 면접이 동시에 있었다.

3차 과제물 영상은 광주의 심장인 광주천을 편집하여 올렸더니 합격의 영광을 받아보게 되었다.

합격 통지서를 받았지만, 이제부터 기자로서 활동하려면 체계적인 교육과 자세를 갖추어야 하므로 서울 교육이 필요하였다.

6월 29일(수) 신입 기자 오리엔테이션 교육에 필요한(노트북과 사진기를 지참) 6월 30일 발대식에 참석하기로 했다.

오리엔테이션에 참석하기 위하여 밤잠을 설치고 5시 50분에 광주를 출발하여 서울 지하철을 이용해 오리엔테이션 교육 장소에는 오전 11시에 도착하였다.

이번 14기 기자단에 참석하고자 각처에서 많은 인재들이 각자

노트북과 사진기를 지참하여 자리하고 있었다. 주최 측에서 준비한 정성 어린 점심을 먹고 교육에 임하였다.

기자를 위한 실버넷뉴스 지침서

1. 취재 및 데스킹 과정 안내,
2. 기사 작성 및 송고 방법,
3. 유의사항,
4. 실버넷뉴스 기자상 시상 및 기준,
5. 실버넷뉴스 인사 규정,
6. 실버넷뉴스 기자 전용 웹메일 사용법

긴 교육을 마치고 내일 발대식에 참석하기 위하여 황재영 기자님의 안내로 지방에서 올라온 신입 기자 다섯 사람은 저녁을 먹고 커피숍으로 자리를 옮겨 기자가 지녀야 할 자세에 대하여 이모저모 알려주었고 내일 만나기로 하고 숙소로 돌아가 피로를 풀었다.

드디어 기다리던 6월 30일 기자단 발대식 날이 밝아왔다. 황재영 기자님의 안내로 서울여성플라자 1층 국제회의장 발대식 장소로 이동하였다. 우리는 먼저 기자단 서약서에 서명 후 데스크에 제출하고 입구에 마련된 포토존에서 개인 기념촬영 및 동석하신 가족과 기념촬영을 실버넷뉴스 사진부에서 멋지게 촬영해 주었고 발대식에서 찍은 사진은 추후 실버넷뉴스 홈페이지에서 다운받을 수 있도록 준비해 두었다. 임명장과 기자증을 받는 정식 기자가 되는 자리이다. 신입 기자분들은 가족 동반이 가능하며 합격당사자 외 2분까지 동반할 수 있었다.

식전 행사로 실버넷뉴스 공연 봉사팀의 부채 산조/퓨전 꼭두각시/교방검무/난타를 보고, 실버넷뉴스 합창단의 '메기의 추억' '청산은 나를 보고'를 들었다. 관람하면서 실버넷뉴스 봉사팀은 모두 실버넷뉴스 기자가 아니면 할 수 없다는 것을 알았다.

발대식 개회식 선언은 김의배 편집국장을 시작으로 개회사 정태명 위원장, 경과보고 권미영 팀장, 축사는 오명 이사장, 14기 기자단 선서식 정원석, 신귀련 신입 기자가 선서하였다. 자랑스러운 10년 근속상은 12분이 받았다. 그 가운데 백상덕 광주지부장도 명예를 함께 하셨다.

식순에 따라 모든 순서가 진행되었으며 마지막으로 각 부서대로 기념촬영이 있었다. 우리 영상부도 김재율 부장님과 함께 멋진 한 컷으로 단합했으며, 발대식은 오후 2시부터 6시까지 진행되었고 저녁으로는 뷔페가 제공되었다.

실버넷뉴스는 실버들이 주축으로 실버들의 표현창구를 다양화하고 은퇴한 노년들의 지적 능력을 다시 환원할 수 있는 다양한 사회 활동 발판을 만들고자 시작된 인터넷 신문이다. 만 50세 이상의 실버기자들로 구성되어 있으며 실버기자들이 직접 취재한 기사로만 구성되고 있다.

고령화 시대를 맞아 지식정보사회에서 소외되어 가고 있는 노년층에 대한 디지털 격차 해소를 위해 정부 지원을 받아 노년층에 대한 인터넷 교육을 실시하여 실버에 대한 인식 전환과 권익 개선 그리고 노후에 보람된 생활을 할 수가 있고, 은퇴 후에도 자원봉사활동을 희망하는 비율이 점차 증가하고 있는 추세이다.

최근에는 경제 및 지식수준이 높은 실버들이 늘어나면서 실버 자원봉사도 그들이 쌓아온 전문 능력을 충분히 발휘하는 것을 볼 수 있었다. 몸은 피곤하지만, 또 하나 해냈구나 하는 자부심 때문에 쉬이 잠이 올 것 같지 않았다.

강원도 태백 나들이

　중부 내륙 백두대간을 2박 3일로 존경하는 선배님들과 강원도 여행을 하기로 했다. 이른 아침 6시 30분에 집결한 장소인 광주역으로 갔더니 벌써 선배들이 자리를 차지하고 있었다. 화순에서 출발한 이정희 선배님도 서둘러 택시로 벌써 도착하여 있었다. 선배는 법학을 전공했고, 몸이 좀 불편한데도 화순 지역 시니어들의 권익 운동에 앞장서서, 문제 해결을 하며 많은 봉사 활동으로 주위의 존경을 받고 있다. 오랜만에 대하는 얼굴이라 몹시 반가웠다. 이번 강원도 산불로 인하여 큰 피해를 보고 어려움을 겪은 그곳 주민들에게 아픔을 함께하지 못할망정, 그곳으로 여행을 간다니 미안한 생각이었는데, 여행사에서 강행하는 대로 우리의 여행은 진행되었다.

　우정의 꽃 친구들과 희로애락을 함께하며 건강한 삶을 누릴 수 있는 것은 복된 일이다. 벗들과 소통하며 여행을 통하여 멋있게 살아가는 선배들의 모습에 무언의 메시지가 있어 감동을 받았다. 5시간을 달려 단양에 도착하여, 단양팔경 유람선 청풍호에 몸을 실었다. 천혜의 자연이 살아 숨 쉬는 경관을 즐기면서 기암괴석과 싱그러운 봄 향기를 만끽하며 유람선으로 잔잔한 충주호를 약 1시간 정도 달리다 보니 선착장에 도착하였다.

나는 아름답게 쏟아지는 비경을 스마트폰에 담아 두었다. 선배들의 추억을 동영상으로 제작하여 주고 싶어서였다. 이른 아침부터 여행이란 설렘으로 배고픔도 잊은 채 늦은 점심은 강원도 특유의 버섯전골로 맛깔스러운 음식이 혀끝을 감미롭게 하였다. 점심을 마치고 청풍 문화재단지로 발길을 옮겼다.

충주 다목적댐 건설로 제천시 청풍면 5개면 마을이 수몰되자, 이곳에 있던 각종 문화재를 한곳에 모아 문화재 단지를 조성했다. 남한강 상류에 위치한 문화의 산실로 어머니 품속과 같이 편안하고 포근함을 느끼게 하는 '청풍호반의 작은 민속촌'은 절경이라 할 수 있는 곳이다.

저녁은 제천의 맛장수 원뜰 식당에서 약재를 사용한 한방 음식으로 먹었다. 주인아저씨가 직접 집을 짓고 커피 한 잔 여유롭게 마실 수 있는 공간까지 마련되어 있어 자부심을 느끼고 식당을 운영하고 있음을 알 수 있었다. 저녁을 마치고는 청풍 벚꽃 축제로 이어졌다. 청풍호 입구에서부터 13㎞ 청풍면 소재지에 이르기까지 벚꽃 축제로 다양한 공연과 먹거리를 즐길 수 있는 밤 벚꽃 축제로 눈이 호사를 했고 숙소인 청풍리조트에서 하루의 피곤을 풀었다.

아침에 일어나 보니 온 천지가 새하얀 눈으로 겨울 모습이 연출되고 있었다. 4월인데 웬 눈일까? 강원도라 가능한 환상적인 여행이라 할 수 있었다. 리조트식 조식을 하고 국토의 허리라 불리는 백두대간 협곡열차를 즐기기 위해 제천역으로 향하였다.

열차는 시속 30㎞로 느리게 달리며 약 1시간 30분 정도 제천, 영월을 거쳐 분천역에 하차하여 보니 인공눈으로 덮여 있었으며,

꽃피는 4월이지만 겨울에나 흔적을 찾을 수 있는, 먼 산에는 눈이 곳곳에 쌓여 강원도에서만 느낄 수 있는 여행의 즐거움을 맛볼 수 있었다.

산타 마을 빌리지는 꿈과 낭만이 함께하는 여행지로 2013년에 개장된 백두대간 협곡열차로 그와 함께 산타 마을도 멋진 관광지로 거듭났다 한다. 중식은 순두부 전골로 마치고, 오후 5시까지 입장이 가능하다 하여 서둘러 태백 석탄 박물관으로 발길을 옮겼다. 입구에 들어서니 구문소가 눈에 들어온다. 강물이 산을 뚫고 흐른다고 하여 뚜루내라고 부르기도 하는 구문소는 주위의 낙락장송과 어우러진 자연경관이 일품이다.

구문소 높이는 20~30m, 넓이 30㎡ 정도 되는 커다란 석회동굴로 석문 위에 자개루(누정)가 있고 기암절벽과 어우러져 예로부터 시인, 묵객의 발길이 끊이지 않았다 한다. 구문소는 구멍이 두 개인데 왼쪽의 구멍은 일제 강점기 때 찻길을 내기 위해 사람이 뚫은 것이다. 강물의 힘이 바위를 뚫어 버렸다는 자연의 경이로움을 느끼게 하는 명소이며, 천연기념물 제417호로 석회암을 관통하는 자연적인 현상으로 지질학적 가치가 있는 곳이다.

대부분이 산간으로 이루어진 태백은 한때 640만 톤의 석탄을 생산하여 전국 석탄생산량의 30%를 차지하면서 국가발전의 중추적 역할을 담당하여 왔으며, 검은 황금이라 불리며 어려웠던 시절을 이겨낼 수 있는 든든한 버팀목이 되었다고 한다. 작업장의 특수성으로 인해 진폐증에 걸릴 확률이 높고, 작업을 마친 광부들은 온몸이 탄가루와 땀으로 범벅이 되어 가족들조차 알아보지 못하였다고 한다.

이러한 희생이 되어준 그들에게 머리 숙여 감사드리며, 탄광촌이던 태백은 폐광 이후 관광도시로 바뀌었다 하니 더욱 발전하는 태백이 되길 염원해 보면서 이 고장 문화 해설가가 들려준 태백의 역사를 귀 기울여 들으면서 고마움도 느꼈다. 저녁은 이 고장 자랑거리인 닭갈비로 식당의 친절한 배려에 음식 맛이 배가 되었다. 소중한 일상의 하루를 즐거움으로 마치고 메이힐스 숙소로 자리를 옮겼다. 리조트 노래방에서 음악을 전공한 선배들이 흥겹게 노래하는 모습을 동영상으로 촬영해 추억의 기록으로 제작하여 전송하였더니 너무 기뻐하는 것을 보고 나도 역시 뿌듯하였다.

마지막 여행을 즐기기 위해 기상 후 리조트 조식과 커피 한 잔의 향긋한 마음으로 정선 레일바이크로 이동하였다. 자전거를 타본 적이 없는 나는 레일바이크가 두렵기는 했지만 도전해 보기로 하여 용기를 내어 페달에 다리를 올려놓았는데 이게 웬일인가? 발의 균형을 맞추지 못하여, 페달이 내 다리 성문을 내리칠 때마다 심한 아픔을 느꼈다. 20분 동안 레일바이크를 즐기고 다리에 얼마나 멍이 들었나 하고 살펴보았더니 피가 줄줄 흐르고 있었다.

안전요원이 응급조치를 하여주었는데, 부끄러워서 말도 못 하고 아픔을 참아야 했다. 스카이 워크와 정선 아리랑 시장 탐방은 다리가 불편하여 생략하고 중식 곤드레나물 밥과 도토리묵 등 푸짐한 음식으로 배를 채우고, 백두대간 2박 3일 여행을 마치고 광주로 향하였다.

강원도 동해안 일대를 휩쓸면서 큰 피해를 준 이번 산불은 서울 여의도 면적의 2배가 넘는 임야를 불태웠고 축구장 980개에 이르는 산림 700ha를 쑥대밭으로 만들었다. 또 인명피해와 가축들이 불에 타 죽는 심각한 상황을 만들었고 화상으로 인해 말할 수 없는 고통과 슬픔은 주어 차마 보기 민망할 정도로 송구했다.

우리 목사님도 이번 피해로 인해 교회가 두 채나 전소되었다고 하였다. 안타까운 마음으로 모금 운동을 시작하여 많은 성도들이 참여하였다. 삶의 터전이 송두리째 불타 버리고 하루아침에 모든 걸 잃어버린 피해 주민들이 원만한 피해 보상을 받아 빠른 시일 내에 복귀하기를 간절히 바란다.

이번 백두대간 여행은 선배들과 함께여서 더욱 값지고 소중한 추억으로 기억에 오래도록 머물러 있을 것이다.

건강검진

봄날의 어머니 품속 같은 따스한 정을 무한정으로 발산시켜 주기에 더없이 좋은 언니를 만나러 주말 아침 찬 공기를 맞으며 고양시 일산을 향하여 달리고 있다. 스무 살 어린 나이에 결혼하여 금년 여든네 살 언니를 만나기 위하여 조카가 아들 내외와 손녀까지 동행했으며, 나도 언니를 뵙고 싶어 따라나섰다.

다섯 살 손녀가 귀여운 재롱을 떨어 여행하는데 즐거움이 배가되었다. 점심시간이 되어 휴게실에 들러 음식을 키오스크로 주문하고 대기표를 가지고 있다가 신호음이 울려 음식을 가지러 갔다.

이렇게 편리한 문화 속에 사는 것이 정말 감사할 뿐이다. 차에서 흘러나오는 감미로운 선율 따라 허밍으로 힐링까지 되었다. 어느덧 그리운 언니 집에 도착하니 언니의 둘째 딸이 우리를 반긴다. 저녁을 자기 집에서 대접하겠다고 하여 우리 일행은 그쪽으로 자리를 이동하였다. 인근에 사는 친인척들이 한자리에 속속들이 모여들었다. 손수 만든 음식들이 어찌나 맛깔스럽고 정갈한지 장시간 여행의 피로가 눈 녹듯 사라졌다.

다섯 살짜리 손녀와 또 한 명의 손녀가 합세하여 장기 자랑을하는데 분위기는 고조되어, 박수 소리는 우렁찼고, 한 장기가 끝나면 지폐가 여기저기서 나오고 지폐가 나오지 않으면 다음 장기로 넘어가지 않았다. 구정이 얼마 남지 않았는데 아마도 세뱃돈으로 두둑이 챙겼을 것으로 생각한다. 어느 공연보다도 훌륭한 공연장을 연상하는 가족 간의 사랑이 넘치는 분위기였다.

이튿날 언니가 섬기는 대림 교회에 함께 출석하였다. 젊은 청년들이 단상 위에서 찬양하는데 얼마나 감동적인지 내 눈에 이슬이 고일 정도로 은혜를 받았다. 광주까지 내려가야 하니 예배를 마치고 언니를 모시고 서둘러 길을 나섰다.

인천에 사는 조카가 '점심을 대접하겠다.'라고 하여 뿌리칠 수가 없어 가는 길에 조카와 약속했던 장소에 갔더니, 점심 예약 식사는 이미 끝났다고, 사장님이 광주에서 여기까지 온 손님을 대접하지 못하여 죄송하다고 연발하셨다. 콩으로 개발한 음식으로 4대째 운영하는 식당이었는데, 인천에서는 제법 유명한 식당인 것 같았다. 조카의 고마움을 온몸으로 느끼며 다른 식당으로 옮겨 후한 대접을 받았다.

이번 여행에 동행한 조카는 요즘 젊은이답지 않게 남다른 사고를 가진 사람으로서 고모인 나도 이 조카를 무척 사랑하고 좋아한다. 우리 친정 장손으로서 대·소사 일을 도맡아 하고 모든 일에 책임이 따른 일을 잘 처리하는 고마운 조카다. 우리 부모를 모신 산소가 윗대부터 묘가 여럿인데 벌초하기가 너무 힘들어 이번 기회에 평장을 하겠다고 어머께 의논 차 찾아뵌 것이다. 동생들이 조금씩 돕겠다고 하는데도 혼자 하겠다고 한다.

오빠는 사랑하는 가족을 뒤로한 채 세상 떠난 지가 몇 년 지났는데 조카가 든든하게 버팀목이 되어 친정을 잘 지키고 있다. 월요일 아침 일찍 예약된 병원으로 건강검진을 받으러 언니와 함께 집을 나섰다. 2년 전에도 언니의 건강검진을 광주에서 받게 해드렸는데, 이번에도 함께하고 싶었다. 내가 열 살, 동생들이 각각

일곱 살, 네 살 때 언니가 시집을 왔으니 어느새 육십사 년이란 세월이 흘렀다.

'이제 언니와 세상을 마주할 시간이 얼마나 될까?' 하는 생각에 이번에도 함께하고 싶었다. 국가에서 이년 만에 실시한 건강검진은 무료이지만 '경동맥 초음파' 검진과 '고지혈증' 검사를 추가로 접수하였다. 노인들에게 흔하게 있을 수 있는 고혈압, 당뇨, 심혈관질환 등을 체크해 드리고 싶어서였다. 나는 별도로 흉부외과 CT 촬영을 추가로 더 신청하였다. 청년 시절 폐를 절제하였는데 이제 나이가 들어감에 따라 폐 상태를 점검해 보고 싶었다.

언니가 우리 집에 머무는 동안 조카는 어머니를 모시고 백화점에 들러 멋진 옷으로 치장하고 왔다. 나는 샘이 나서 언니를 놀린다. "배 아프게 아들 낳아 효도 받으니, 언니는 좋겠다!" 하고. 또한, 조카에게도 가끔씩 놀린다. 너는 남자인데도 엄마한테 그렇게 섬세한 코디네이션을 할 수 있느냐고. 나는 이렇게 멋진 조카가 있어 자랑스럽다.

10일 후면 건강검진 결과가 나온다. 좋은 결과가 나와 이 세상을 언니와 함께 더 머무를 기회가 된다면 이보다 더 행복해질 수는 없을 것 같다.

'언니 사랑합니다'.

'하나님 감사합니다'.

하늘나라에 계신 어머니께서도 이 모습을 보면 얼마나 행복해하실까?

살아생전 어머니께서는 언니를 장손 며느리라고 무척 아꼈다. 이 모습을 어머니께도 전해드리고 싶다.

'보고 싶습니다. 어머니.'

귀감 歸鑑

서울 은평구 양지바른 곳에 있는 도티기념병원. 이곳 진료 대기실은 오늘도 피부색이 다른 각국의 환자들로 북적거린다. 굽은 등의 조선족 노인, 만삭의 동남아 임산부, 다리를 저는 검은 피부의 아프리카 여인 등등. 저마다 제 몫의 육체에 십자가를 진 환자임에도 이들의 표정이 어둡지 않은 것은, 주머니가 텅 비었어도 병원비 걱정이 없기 때문이다.

1950년대 6·25전쟁의 어렵고 궁핍했던 시절 '세상에서 가장 가난한 이들을 위해 살겠다.'라며 한국을 찾은 알로이시오 몬시뇰은 서울과 부산에 소년·소녀의 집을 건립하여 '거리 아이들의 아버지'가 됐다.

조지 도티 씨는 마리아수녀회를 설립한 알로이시오 슈왈츠 몬시뇰을 도와 1970년대부터 한국의 아동복지 및 의료사업을 위해 재정적 지원을 아끼지 않았다.

도티기념병원은 35년 전 가난한 이들을 너무나 사랑하신 미국인 사제 알로이시오 슈왈츠 몬시뇰 신부가 한국에 병원 건설을 기획할 당시 100만 불을 기부해 설립을 도왔던 도티(DOTY) 씨를 기념하는 명칭이며, 1982년 5월 31일 지하 1층, 지상 3층 건물에 79병상 규모의 병원으로 서울에 설립됐다. 병원을 운영해온 마리아수녀회는 "가난한 이들을 최고로 대우하라."라는 알로이시오 몬시뇰의 정신을 35년간 이어왔다. 도티병원을 안내하는 팸플릿 첫머리엔 '가난한 환자들을 위한 병원'이라는 말이 크게 적혀 있다.

"경제적으로 어려움을 겪고 계시는 분으로 본 병원에서 치료나 수술이 가능한 질병이면 누구든지 진료해드릴 수 있습니다." 시설 생활자나 외국인 근로자도 진료와 수술이 가능하다.

일반외과와 내과, 산부인과, 소아과, 정형외과, 마취통증의학과, 방사선과, 임상병리과 진료를 도맡고 있던 도티병원은 다른 병원들 못지않은 훌륭한 의료진들이 상시 대기 중이었고 건강검진도 가능해 그 간 경제적 어려움으로 의료혜택을 충분히 누리지 못한 이들에게 큰 위로가 되어주었다고 한다.

1982년에 문을 열어 35년간 받은 무료 환자가 무려 3백만 명. 외래환자 210만 명, 입원 및 수술환자 85만여 명 등이 이곳을 다녀갔고, 8천 400여 명의 새 생명이 이곳에서 태어났다. 병원은 이 같은 공로를 인정받아 지난 2010년 아산상 대상을 받았다. 아산상은 아산사회복지재단에서는 이처럼 어려운 여건에서도 봉사, 나눔, 효행을 실천하고 있는 이들을 발굴하여 시상하는 상이다.

1991년, 가난에 찌든 쌍둥이의 엄마가 갈 곳 없이 헤매다가 도티병원을 소개받고 찾아왔다. 해산을 앞둔 몸이었지만 세상의 풍파에 지칠 대로 지쳐버린 불쌍한 여인이었다.

이 여인에게 도티병원은 안식처가 되어주었고 병원에서 안전하게 제왕절개 수술로 쌍둥이를 출산할 수 있었다. 만약에 도티병원이 없었다면 이 여인은 아이들의 얼굴을 보지 못했을 수도 있었다.

아이를 낳고 너무나 고마운 마음에 여인은 자신의 쌍둥이들의 이름을 '부티'와 '귀티'로 지었다.

도티병원에서 난 쌍둥이 부티와 귀티, 그때부터 도티, 부티, 귀티는 유명한 '삼티' 이야기의 주인공이 되었다. 이 이야기를 전해 들은 미국 사업가 조지 도티는 배를 잡고 웃었다고 한다.

그런데 이 유명인들이 벌써 청소년이 되어 용돈을 아껴 모은 돈을 기부하고 병원 후원자로 등록되었다니 이렇게 아름다운 이야기를 또 어디서 들어볼 수 있을까?

2012년에는 지역 병원 고발로 본인부담금을 받으라는 행정 명령을 받기도 했다고 한다.

우리나라 의료법에 따르면 무료로 진료를 하면 행정처분을 받는다는 사실. 좋은 일도 맘대로 못한다.

"다른 병원들로부터 시기와 질투를 받으면서도 생명을 지키고 그리스도 사랑을 전해온 그간의 활동에 보람을 느낄 따름"이라고 했다.

지난 1982년 개원해 35년간 돈 없고 힘없고 소외된 사람들의 진료에 매진했던 도티기념병원이 2017년 6월 29일 마지막 미사를 마치고 한국에서의 진료 활동을 마쳤다.

알로이시오 몬시뇰의 뜻을 이어 마리아수녀회는 더욱 어렵고 가난한 이들을 찾아 새로운 사도직을 구상할 계획이라고 했다.

의료 환경이 많이 변했고 도티병원을 운영하는데 돈이 많이 들기 때문이라고 한다. 이제는 도티병원에서 했던 일을 서울시와 보건복지부에서 맡아서 해야 한다는 것이다. 해외 후원자들 의견이 이제 대한민국이 잘살게 되었으니, 그 일은 나라에 맡기고 한국 고아들과 해외 빈곤 어린이 교육 사업에 전념하라는 것이다.

병원이 결국 문을 닫기로 한 건 한국의 의료 환경이 나아져 이젠 나름의 소명을 다했다는 판단 때문이다. 사랑과 봉사의 일념으로 35년의 기적을 일궈낸 마리아수녀회, 앞으론 한국보다 더 어려운 해외 빈곤 어린이의 교육 사업에 전념할 계획이다.

병원에서 사도직을 수행해온 수녀들은 "35년간 열심히 진료해주신 선생님들과 직원 55명, 후원자들 모두 '도티기념병원의 천사들'이었다"며 거듭 감사의 마음을 전했다. 이날 도티씨 가족을 비롯한 은인들에게 감사패를 수여한 뒤 이 병원이 이제 소명을 다했다며, 문을 닫게 되었다.

미국인 후원자의 이름을 딴 '도티병원'이 이룬 아름다운 퇴장으로 문을 닫는다는 소식에 저마다 마지막 진료를 위해 찾아온 환자들에게, 어느새 여든을 넘긴 백발의 노 의사는 아쉬움을 뒤로 한 채 마지막 주사를 놓습니다.

한편 한국에 무료 자선병원인 도티기념병원 설립 자금을 기부한 미국인 자선사업가 조지 도티(George Doty)씨가 2017년 4월 24일 미국 뉴욕에서 향년 94살로 선종했다.

고인의 장례미사는 4월 30일 뉴욕 라이의 부활 성당에서 거행됐다. 도티 할아버지는 가난한 이들에 대한 사랑이 특별했던 분이라며 주님이 보낸 천사, 도티기념병원이 아프고 가난한 이들의 눈물을 닦아줬던 지난 35년의 여정을 멈췄다.

지금까지 도티병원은 국내의 가난한 이들과 98개국의 이주노동자를 비롯한 모두 300만 명의 아픔을 치료하고 눈물을 닦아주었다. 또, 도티병원은 미혼모들이 주위의 시선 때문에 배 속의 아이를 포기하지 않도록 용기를 주고, 낙태를 없애기 위한 노력을 지속해왔다.

1979년에 노벨 평화상을 받았던 마더 테레사 수녀님께서는 이런 말을 남겼다.

"이 세상에는 사랑과 감사에 굶주린 사람이 빵에 굶주린 사람보다 더 많이 있다. 우리는 사람을 대할 때 늘 사랑과 감사함을 표현하는 사람이 되어야 한다."라고 했다

그래서 1979년에 노벨 평화상 상금 전액을 콜카타의 빈민가에 기부하였고, 가난하고 병든 사람들을 위한 봉사 활동이 세계적인 운동으로 일어나도록 하였으며, 1997년 세상을 떠날 때 장례는 인도의 국장으로 치러졌다.

"부자로 죽은 일은 부끄러운 일이다. 자식에게 유산을 물려주는 건 저주를 퍼붓는 것."이라고 미국의 철강왕, 카네기는 말했다.

기부문화는 따뜻한 세상을 나누는 행복의 실천이며, 인생에서 가장 기쁘고 영광스러운 일 중의 하나일 것이다.

미국이 망하지 않는 이유는 무엇일까?

기부를 가장 많이 하는 나라는 나눔 문화가 일상화되어 있기 때문이 아닐까? 미국은 '노블레스 오블리주' 정신을 바탕으로 빌 게이츠, 워런 버핏, 카네기 등 많은 부자들이 나눔을 실천하였다.

기부를 하는 대다수의 분은 이렇게 말했다.

"받는 기쁨보다 나누는 기쁨과 즐거움이 더 크다는 것을 실감한다."라고 한다.

나눔은 삶의 행복지수를 높이는 엔도르핀 같은 것이다. 지구촌 행복을 위해 나눔을 실천하는 여러분 응원합니다.

나라 사랑

　국어사랑 나라 사랑은 국어를 대표하는 나라의 뿌리이며 자존심이다. 세종대왕께서 한글을 창제하여 국민으로 하여금 쉽게 글을 읽고, 쓰게 하심에 대한 감사가 넘쳐나며, 위대한 글이다.

　나는 세종대왕 한글을 반포하신 569돌 한글 백일장에 참석하였다. 초등학생부터 일반 성인까지 대한민국 국민이면 누구나 참석할 수 있는 백일장 경연 장소에 도착하니 성인 몇 사람하고 고등학생 한 명이 참석하였다.

　주제는 '한글' 시와 수필이었다.

　주어진 두 시간, 각자 주제에 맞게 글쓰기에 여념이 없었다. 학생은 초안을 잡지 못하고 많은 고민을 하고 있었다. 그 학생은 경쟁자가 적었으므로 당연히 우수상을 받았다. 나도 역시, 성인 장르에 차상이라는 좋은 상을 받게 되었다. 그런데 마음 한편은 즐겁지가 않았다.

　훈민정음을 창제하신 세종대왕께 부끄러움을 느꼈다. 홍보가 잘되지 않아 참석하지 못했을 수도 있었지만, 우리 국민들이 한글에 대해 이렇게 무관심한 것에 더욱 놀랐다.

　한글은 백성을 위해 만든 글자이다. 세종 25년 훈민정음은 온 백성이 사용할 수 있게 더 편하게 의사소통을 할 수 있게 창제한 것이다. 세종은 당시 지배 계층의 끈질긴 반대를 무릅쓰고 까막눈이 된 백성의 설움을 불쌍히 여겨 '백성을 가르치는 바른 소리'(훈민정음) 곧 한글을 만드신 것이다.

한글날을 국경일로 만드는 날도 우리나라뿐이고, 한글은 우리의 빛이요, 인류의 값진 글이다. 세계 여러 나라에서도 우리글이 좋아 제2의 글로 사용하는 나라도 있다. 이집트에서는 엘리트 학생만이 한국학과(세종학당)에 들어갈 수 있다고 하며, 몽골에서도 우리글을 사랑하고 우리나라 음식까지도 즐겨 먹는다고 한다.

그런데 오늘날 젊은 세대들 가운데 비속어, 비어들이 너무 많이 횡행하고 있다. 외래어가 남용되고, 젊은이들 사이에 신조어, 자기들만이 알아듣는 저속한 언어들이 한글의 품위를 떨어뜨리며 우리의 조상을 욕되게 하는 것이다.

이는 자기 인격을 손상하는 것이며, 우리 민족의 품격을 손상하는 것이다. 이제는 있어서는 안 될 말과 글의 순화 운동을 펼쳐야 하며, 말과 글은 단순히 말과 글이 아니라 사상을 담고 있는 한글에 대하여 민족정신을 훼손하는 일이 없어야 한다는 생각이다.

한글의 우수성을 인정받아 1997년 유네스코 세계 문화유산으로 지정하였고, 서울 용산에 한글박물관을 2014년 10월 9일 한글날에 개관했다. 박물관 내에서는 한글을 모르는 외국인에게 한글의 이해에 도움을 주는 공간을 구글에서 후원해 주었다고 한다.

우리 민족에게 이러한 탁월한 문화적 도구를 주시고 온 누리에 빛이 되신 세종대왕께서 백성의 문맹을 깨치는 데에 힘을 다하셨다는 그 사실을 우리는 잊어서는 안 된다.

세종대왕께서 한글을 창제하였지만, 한글의 발전에 크게 기여한 분은 주시경 선생이다. 주시경 선생은 일본이 우리나라의 주권을 강제로 빼앗자, 우리글을 지키며 목숨을 걸고 민족의 정신인 우리말을 지키기 위해 혼신을 다해 한글의 발전에 크게 이바

지한 인물로서 널리 알려진 인물이다.

또한, 5천 년 동안 우리 민족과 함께해 온 무궁화는 겨레의 역사를 담고 있는 꽃으로 대한민국을 상징하며 영원히 피고 지는 정신을 닮았다고도 한다. 가슴에 태극기를 품고 일본의 탄압에 맞서 대한민국 독립을 위해 목숨도 아끼지 않았다. 대한독립만세를 외치며 전국 방방곡곡에서 국가 수호를 위해 목숨을 바친 수많은 영령들, 나라가 위태로울 때 목숨을 바쳐 나라를 구해 나라 잃은 설움을 굳건하게 지킨 애국 애족한 그들의 정신, 또한 대한민국 경제를 위한 기업인들, 모두가 나라를 사랑하는 사람들이다.

세종대왕께서 창제한 세계에 하나뿐인 백성을 위한 글, 우리는 그 한글로 말과 글을 적으며 사전도 만들고 기념일도 정했다. 문자를 만든 이가 알려져 있으며, 그것을 기념일로 정해 기리는 나라는 우리나라뿐이다. 나는 이 점을 무척 자랑스럽게 생각한다.

아름답고 품위 있는 우리말이 선진사회를 이끌 것이며, 내일의 우리 후손들이 진정한 애국정신으로 선조들의 발자취를 이어갈 것이며, 자신들이 하는 일에 책임을 다해 열심히 일한다면 그것이 애국하는 길인 것이다.

말은 개인의 의사전달 도구만을 뜻하지 않는다. 민족이 말을 만들고 그것을 지켜왔다면 말은 민족을 보호하고 문화를 창조하여 국가를 발전시켜왔다.

한글은 우리의 자랑이며 나라의 힘을 기르는 초석이라 생각한다. 문학의 꽃이라 할 수 있는 시를 쓴 사람들이 우리말을 지키고 사랑하지 않으면 그 누가 하겠는가.

한글의 소중한 가치와 위대한 우리 문화유산을 어떻게 지키고 가꾸면 좋을지 스스로 생각하게 하며, 우리글에 대한 문화적 사궁심을 갖게 한다.

동산 문학기행

유명한 문인들을 많이 배출한 문학의 고장이며, 편백숲과 물축제로 명성을 얻고 있는 장흥으로 문학 답사를 가게 되었다.

평소 사무국장님께서 많은 고생을 한 것 같아 이번 나들이 간식은 내가 준비하였다. 주문한 간식이 도착하고, 시간이 되니 반가운 회원들이 광주공원으로 집결하였다.

광주에서 9시에 출발해 나주에서 영광, 무안 회원님이 합승하여 34분의 동산 가족을 실은 문학기행 버스는 장흥을 향하여 달리고, 차 속의 대화는 온통 문학의 이야기로 꽃을 피웠다.

차창 밖에는 우리들의 문학기행을 반기는 듯 비가 내리고 있었다.

가뭄으로 인하여 농부들의 마음도 타들어 가는데 이렇게 반가운 단비가 내려 농민들 가슴에도 단비 같은 미소가 지어졌으면 한다.

내리는 빗속을 달려 정남진 편백숲 우드랜드에 도착하여, 초여름 싱그럽고 푸른 편백숲을 산책하고 내려오니 초대 회장님인 김복실 작가님께서 마련한 진수성찬 점심이 우리를 기다리고 있었다.

감사와 사랑이 넘치는 화기애애한 점심을 마치고 작가님의 의장 사무실로 안내를 받았다.

초대 회장님은 장흥군의회 의장으로 활동을 하고 있었다.

준비된 차를 마시면서 시 낭독과 문학에 대한 의견들을 나눈 후 회원들과 기념촬영을 마치고, 바쁜 의정활동과 의장으로서 업무 때문에 짧은 만남이었지만, 융숭한 대접에 감사하였고 그분과 만남이 쉬이 잊히지 않을 것만 같았다.

버스로 이동하는 시간에도 장흥에서 배출한 문학인들 이야기로 이어졌다. 장흥은 역시 문학의 고장이다.

한국 문장의 거목이었던 소설가 이청준 작가, 해산 토굴 한승원 작가, 민중의 삶을 그려낸 송기숙 작가 등 무려 100여 명의 등단 문인을 배출했다고 하니 장흥은 역시 문학의 고장이며, 문학 답사지로서의 명성을 느낄 수가 있었다.

아름다운 글과 그의 혼이 서려 있는 이청준 님의 생가를 방문해 작가님의 작품세계를 들여다보았다. 일제 강점기의 나라 잃은 설움과 곤궁한 삶 속에서 쓴 그의 자전적 소설은 암울한 시대에 비관한 삶이 처절하게 느껴져 가슴이 답답할 정도였다. 또 그가 남긴 수많은 작품이 고향 장흥을 중심으로 많은 글을 썼으며, 소설 '눈길'은 어머니의 세계를 바탕으로 한 작품이다.

지독히 미워했던 가난과 불쌍한 어머니가 머물던 곳, 하얗게 눈 내려앉은 마을 어머니가 아들을 보내고 홀로 돌아왔을 길고 외로운 고샅길이 마을 어귀까지 쓸쓸하게 이어졌다.

역시 문단의 거목이었던 소설가 이청준 님을 다시 한번 인식하게 하였다.

마을 정각에서 영광회원님께서 준비하여 온 영광 보리 굴비와 갖가지 술과 함께 빗속의 운치를 벗 삼아 화기애애한 즐거운 시간을 보내고, 이어서 우리 회원들은 빗속을 가르며, 수문해수욕장

길을 따라 한승원 님의 문학 산책길 600m인 작가의 산문과 시로 꾸며진 산책로를 걸으면서 감상하였다.

우천 관계로 해산 토굴은 방문을 못 하였고, 천관산 문학관 장흥 출신 문인들의 자료와 작품들이 전시되어 있는 문향 장흥을 다 느끼지 못한 아쉬움을 뒤로한 채, 정남진 전망대에 올라 삼삼오오 기념촬영과 따뜻한 차 한 잔으로 위로를 하였다.

꿈을 버리지 않은 한 그 꿈은 이루어질 것이며, 더글러스 멜록이라는 시인은 "진정한 성공은 바로 지금 하는 일에 최선을 다하고 지금 내 속에 있는 최선의 것을 끄집어내는 일"이라고 했다.

누가 '도전하는 삶은 아름답다'라고 했던가, 희열이 온몸을 감쌌다. 비록 작은 꿈을 품고 소소한 기쁨을 맛보고 있지만 이런 즐거움이야말로 행복이 아니던가…….
광주로 향하는 버스에서도 문학인으로서 오늘 기행에 대한 보람과 앞으로 우리들의 자세를 논하고, 동산 문학기행의 첫 나들이를 시작으로 더욱 발전하는 모습으로 이어졌으면 한다.

동유럽 여행

　사랑스럽고 소중한 아이들의 해맑은 얼굴에서 우리의 내일에 미래가 담긴 어린이집을 운영하면서 장애인 아이들을 접하면서 관계 기관에 의뢰하여 국가 지원을 받도록 하였다. 어두운 곳에서 빛을 보지 못한 아이들에게 교육의 혜택을 받게 하였고, '참사랑'이라는 동아리 모임을 결성하여 세계 각국 유치원을 탐방하여 아이들에게 보다 나은 여건에서 질 좋은 교육의 혜택을 주고자 열정을 가졌던 그때를 회상하니 70 평생 뒤안길에서 생각해보니 참 보람 있는 일을 하였구나 하는 자부심을 느낀다.

　2001년 6월에 일본 벳푸대 부설 유치원을 탐방하였고, 이번에는 동유럽 6개국을 부부동반으로 독일 성벤노 유치원도 탐방할 계획으로 출발하게 되었다.

　2004년 4월 우리 일행은 독일을 향하여 비행기에 몸을 실었다. 독일은 중부유럽에 있는 국가이지만 서유럽에 속한 나라이기도 하며, 유럽 최고의 경제 대국으로, EU의 유로존 최대 국가이기도 하다.

　독일 프랑크푸르트 공항에 도착하니 우리나라의 삼성, LG, 대우 제품들의 전광판이 우리 일행을 기쁘게 맞이하였다.

　독일은 세계 1차, 2차 대전에 패하여 천문학적인 배상금을 물고도 유럽의 최강국으로 우뚝 서게 되었다. 가정주부들은 스커트를 한 치씩 잘라서 입기로 절약했고, 성냥 한 개비를 절약하기 위해서 세 사람이 모여야 담뱃불을 켰다. 생활 정신이 근면·성실하고 검소한 그들은 질서와 규율을 존중하며 단결심이 강하며 역사와 문화에 대하여 높은 긍지를 가진 민족이다.

독일의 기술력은 세계 최고이며, 동독과 서독의 화폐 차이는 10배였지만 그들은 결국 통일도 하였다.

독일은 지금도 2차 대전을 전후해 독일에 점령당한 나라들을 향하여 사죄하고 독일인과 독일의 이름으로 부끄럽게 생각하며 유대인 학살이 자행된 강제수용소를 찾아 헌화하기도 하는 끊임없는 사죄를 하고 있다. 나치는 전쟁 당시 많은 나라에 피해를 주었지만, 독일인의 정신은 본받아야 할 일이다.

우리 일행은 가이드의 친절한 안내로 독일 뮌헨 성벤노 유치원 견학을 마치고 이웃 나라 오스트리아로 발길을 옮겼다.

오스트리아는 베토벤, 모차르트 같은 수많은 예술가가 살아 숨 쉬는 곳이다. 잘츠부르크는 1996년 세계문화유산에 지정됐을 정도로 역사적, 예술적 유산을 많이 보유하고 있고, 유럽의 한가운데 있어 유럽의 심장으로 부르고 오랜 기간 고풍스러운 예술과 낭만이 있는 곳이었다.

서른다섯 살 젊은 나이로 숨을 거둔 모차르트의 음악은 지금까지도 많은 사람들의 찬사를 받고 있으며, 대중에게 영원히 잊지 않고 보석처럼 살아온 천재 음악가 모차르트의 고향으로 잘 알려진 잘츠부르크 볼프강 호숫가에서 유년기를 배경으로 만든 영화도 있다.

우리 일행은 달리는 자동차에서 영화 아마데우스와 글루미 선데이를 감상하였다. 글루미 선데이는 1935년 부다페스트를 배경으로 독일과 헝가리가 제작한 영화로 감명 깊게 보았기에 한국에 귀국하여서도 CD를 구입하여 감상하였다.

도레미 송을 불렀던 미라 벨 정원. 헝가리 부다페스트의 대표적인 명소를 우리 일행도 그곳에 가 보니 감개무량하였다.

음악의 도시 빈은 1년 내내 오페라와 클래식 공연이 가능하며 온라인 사이트에서는 몇 개월 전부터 예약이 가능해 저렴한 입석까지 다양한 좌석이 있고 격식에 맞게 옷차림을 갖춰야 한다.

많은 음악 애호가들의 로망인 오페라 관람을 우리 일행도 이번 여행 프로그램에 포함 시켰다. 독일어로 진행이 되어서 배우들의 표정이나 연기로 대충의 줄거리를 알 뿐 다 이해하지 못한 아쉬움이 남았다. 국경을 넘나들 땐 검문소도 없이 통과되고 화폐도 단일화로 통용되는 등 정말 많은 발전을 하고 있다는 걸 느끼면서 슬로바키아로 발길을 옮겼다.

슬로바키아는 오스트리아 빈에서 차로 불과 1시간 거리로 접경지역 나라이다. 동유럽의 알프스라 불리는 타트라 국립공원 산맥이 몽블랑 못지않게 빼어난 비경을 자랑할 수 있는 나라다.

슬로바키아는 고대 로마 시대부터 숱한 침략을 받아온 나라이며, 또한 오랫동안 헝가리의 지배를 받다가 1945년 독일의 패망과 더불어 슬로바키아로 독립되었다. 슬로바키아의 대표 특산물로 100% 천연 벌꿀 샵을 들려 아이 쇼핑만 하고 발길을 돌렸다.

유럽인들은 휴가를 한 달씩 장기적으로 여유롭게 여행을 즐기는데 우리 일행은 시간에 쫓겨 서둘러 헝가리로 향했다.

동유럽의 진주라고도 불리는 아름다운 도시인 부다페스트의 다뉴브강은 유럽에서 두 번째로 긴 강이고 도시의 중심을 흐른다. 또 온천이 유명한 헝가리는 물의 나라로 잘 알려져 있다.

다뉴브강을 중심으로 세체니 다리와 부다 왕궁 사이에 두고 부다와 페스트로 나누어진 것을 1872년 합병하였다고 한다.

부다페스트의 황홀한 야경을 감상해 보는 것이 모든 사람들이 죽기 전에 꼭 한번 해 보고 싶은 곳 중 하나이다. 우리 일행도 아름답기로 유명한 헝가리 여행의 하이라이트인 야경을 만끽했다.

특유의 건축과 문화를 볼 수 있어 전 세계 여행자들의 발길이 끊이지 않으며 국토의 80%에서 온천수가 나오기 때문에 우리 일행은 수영복을 준비하여서 헝가리 풀장에서 즐거운 한때를 보낼 수 있었다. 참고로 우리나라의 목욕탕과 달리 헝가리에서는 수건을 직접 준비해야 한다는 점을 꼭 기억하자.

다음으로 향한 곳은 국경을 넘어 폴란드의 아우슈비츠 수용소였다. 600만 명의 유대인이 나치에 의해 목숨을 잃었으며 '인간 도살장'이라 불리는 곳이다.

2차 세계대전이 막바지에 이르던 1945년 나치는 대량학살의 증거를 없애기 위해 이곳에 불을 질렀으나 소련군으로 인하여 뜻을 이루지 못하였고, 아우슈비츠 수용소에는 당시 학살한 시체를 태웠던 소각로와 고문실을 1947년 폴란드 의회가 박물관으로 영구 보존키로 결의하여 전시관으로 1979년 유네스코 세계문화유산으로 지정하였다.

나치의 살인 행위를 배경으로 만든 쉰들러 리스트는 제2차 세계대전이 한창이던 1939년 독일군 점령지인 폴란드의 1천1백 명을 아우슈비츠의 대학살로부터 구해낸 실존 영화다

나치에 의해 참혹하게 학살되는 유대인들의 실상을 강제 노동 수용소로부터 구해낸 유대인 명단이 적힌 쉰들러 리스트를 만들어 많은 사람을 구하게 되는 3시간 14분 분량의 영화이다.

자신의 재산을 다 털어 유대인을 구했건만 1945년 전쟁이 끝났을 때 더 구하지 못한 죄책감에 괴로워했다.

이 영화는 1993년 작품, 감독, 주제가 등 12개 부분의 아카데

미상을 석권했고, 세계적인 돌풍을 일으켰으며, 지금도 우리들의 가슴속에 휴머니즘 감동으로 남아있다.

  다음은 비엘리치카 마을에 있는 세계 12대 관광지 중 하나로 꼽히는 소금 광산에 도착했다. 소금 광산의 수호성인 '성녀 왕가의 성당'이라는 13번 방은 1896년에서 1963년까지 70여 년에 걸쳐 만든 지하 101m에 웅장하고 섬세한 조각의 대규모 소금으로 되어있으며 모두 수작업을 통해 만들어진 것이라고 한다.

  이곳에서는 매 주일 미사가 열리고 있으며, 빈 필하모니의 공연도 있었다고 한다. 그중 가장 뛰어난 작품은 1936년~1945년 조각된 "최후의 만찬"인데 전문가들도 놀랄 정도라고 한다.

  폴란드의 대표 음악가인 쇼팽을 기념하는 방을 만들어 어둠 속 은은한 조명 가운데 '쇼팽'의 이별 곡이 현악기로 연주되면, 지하에서 듣는 이 곡은 가장 슬프고 감동적인 곡이라 한다. 근래에 폴란드 대학에는 소금 조각과가 생겼다고 한다.

  1996년까지 실제로 소금을 캐던 이 광산은 현재는 전 세계 수많은 관객이 모여들며 관광 자원으로 역할을 하고 있다. 2시간 넘게 많은 계단을 오르내리면서 소금 관광을 하고 체코로 향했다.

  체코는 중부유럽의 심장으로 유럽 대륙의 중심에 위치한 국가라서 이웃 나라와 왕래가 쉬운 편이라 여행하기 좋은 국가이기도 하다. 체코는 EU 가입국이지만 유로화를 쓰지 않고, 독자 통화인 코루나를 사용하고 있다. 체코의 자동차 산업은 100여 년의 역사를 갖고 있으며, 전체 산업생산의 20% 정도를 차지하는 체코의 핵심 산업이다.

  참고로 유럽연합(EU)은 1957년 프랑스, 독일, 이탈리아, 벨기에, 네덜란드, 룩셈부르크 6개국으로 발족했으며, 1970년대로 들어서면서 가맹국은 9개국으로 확대되었고, 현재 가맹국은 28개국이며 유로 사용국은 15개국이다.

우리나라도 체코와 경제적 교류를 하고 있고, 현대자동차, 넥센 타이어 등이 체코에 공장을 건설하여 제품을 생산 중이며 현대자동차와 합작을 하는 회사라고 한다.

체코는 맥주 산업이 주요 산업 중 하나이며, 체코의 맥주 소비량이 독일 소비량보다 많다 한다. 세계 각지로 수출하다 보니 공장은 쉴 새 없을 만큼 다양한 맥주를 생산해 냈다고 한다. 체코는 독일의 식민지 때 맥주 공법을 연구하여 왕으로부터 양조권을 따내 독특한 맥주를 생산해 독일인도 체코의 맥주 맛을 보고 자신들의 맥주는 이미 순수성을 잃었노라고 통탄했다고 한다.

맥주를 식사 대신에 마시기도 한다고 해서 '마시는 빵'이라는 타이틀을 붙이기도 한다고 했다. 이 정도면 체코 사람들이 얼마나 맥주를 사랑하는지 알 듯도 하다. 사람의 넋을 잃게 할 정도로 유명한 세계 제일의 맥주 맛을 우리 일행도 그냥 지나칠 수가 없어 길거리 테라스 맥주로 그 나라의 정서를 맛보았다.

체코는 공산주의 때 정착된 사회보장 시스템이 그대로 유지 발전되고 있고, 국민연금 제도, 의료보험제도, 실업 보장제도 등도 거의 완벽한 시스템을 갖추어 국민들의 안정된 생활에 기여하고 있다. 교육비 역시 유치원에서 대학원까지 전액 무료다. 교육 강국임을 자부한 체코 교육체제가 부럽기도 하였다. 가이드의 친절한 덕에 이번 동유럽 여행 9박 10일의 막을 아쉬운 마음으로 내리고 체코 공항을 출발해 인천공항에 무사히 도착하여 우리는 다시 일상으로 돌아왔다.

내 곁의 동아리 친구들이 소중하게 느껴지는 날이기도 하였고 다음에는 북유럽 여행을 떠날 계획을 하니 생각만 해도 지금부터 내 가슴은 마냥 설렌다.

매화 축제

겨우내 얼었던 강이 풀리고 계절을 잊을세라 눈 속을 트고 나온 봄의 전령사 매화를 만나러 길을 떠났다. 이른 새벽 4시 30분 광주를 출발하여 섬진강변을 따라 하얀 꽃들이 봄눈처럼 흐드러지게 피어있는 매화의 고장 광양 매화축제장에 생각보다 조금 늦게 도착했다.

우리는 아침 6시 30분에 승용차 4대로 나누어 출발할 예정이었으나 우리 팀은 일출을 촬영하기 위하여 새벽 4시 30분에 더 빨리 출발하였다.

언제와도 새롭고 청정하여 은근한 정취를 느끼게 하는 강변의 풍경, 그것은 섬진강이 아니고는 볼 수 없는 풍광이다

주변엔 안개가 자욱해 우리는 겨우 6시 20분경에 도착하였다. 벌써 많은 사람이 도착하여 새벽 풍경을 앵글에 담기에 여념이 없었다.

일출은 간신히 앵글에 담았지만 만족하지는 못했다. 벌써 먼저 온 작가들이 좋은 자리를 잡았고 날씨가 미세먼지와 안개가 자욱하였기 때문이다.

어제 비가 좀 와서 주위가 깨끗할까? 하고 생각했는데 좋은 포인트를 잡지 못하였다.

그러나 매화꽃은 만개하여 전국에서 찾아온 손님들로 부산하였다. 매화 축제는 남도의 대표적인 봄꽃 축제이다

섬진강을 끼고 있는, 총연장 212㎞, 광양, 구례, 하동 3개 도시의 주민들이 참여하는 영남과 호남의 화합행사로 진행되며 광양 매화 축제는 올해로 19회째 2016년 3월 18일부터 시작하여 27일까지 진행하는데 축제 기간에 100만 명이 넘는 사람들이 찾아온다고 한다.

매년 봄이면, 광양과 하동. 섬진강변에는 매화 축제로 봄을 알리고 있고 이 두 곳은 섬진강을 기준으로 나뉘어 있다.

올해는 전통예술 공연과 문화교류 행사로 확산하여 즐거운 축제가 준비되어 있다고 한다. 심장병 어린이 불우이웃돕기 등 오래도록 좋은 일을 많이 하는 수와진 자선공연도 볼 수 있었다. 올해는 광양 매화 축제와 산수유축제 기간이 겹쳐서인지 전국에서 찾아온 인파가 몰려 인산인해人山人海였다.

매화는 어여쁘기도 하지만 향이 진하고. 달콤하고 산뜻하다. 백운산 자락과 섬진강이 만나는 강변은 매화꽃으로 온통 물들어 있어 찾아온 상춘객을 그 아름다운 매화꽃으로 힐링하여 주었다

꽃길 따라 물길 따라 섬진강 매화 여행이라는 주제로 10일간 진행될 예정이다. 매화향 그윽한 매실의 본고장 광양은 축제기간 동안 명실공히 전국 명소로 자리매김하였다. 매실 명인으로 알려진 홍쌍리 여사는 매실을 식품으로 개발하는 과정에서 오랜 기간 각종 연구와 인내를 통해 매실 고추장, 매실 된장, 매실장아찌 등 여러 식품이 수많은 항아리 속에 담겨 깊은 맛을 품고 서 있다. 명인의 매실 연구에 대한 열정이 존경스럽고 평범한 산골짜기를 매화 향기로 수놓을 생각을 하였다 하니 대단하신 것 같았다.

김용택 작가님 출세작인 「섬진강」 연작을 살펴보면 남도의 산과 들을 흘러내리면서 섬진강이 지어내는 다양한 아름다움과 섬

진강을 젖줄로 살아가는 수많은 민초들이 빚어내는 다채로운 삶의 모습을 형상화하고 있다. 특히 섬진강의 흐름을 연상케 하는 유장한 리듬, 자연과 인간의 삶에 대한 깊은 통찰로 가득 찬 서정적 진술과 개성적이고 생동감 넘치는 이 시는 섬진강과 민중의 끈질긴 삶이 둘이면서 하나라는 사실을 감동적으로 형상화하고 있다.

하나라도 놓칠세라 이곳저곳 셔터를 누르다 보니 어느덧 점심때가 다가왔다. 광주에서 6시 30분에 출발한 나머지 3팀은 차량 체증 때문에 매화축제장에 들어오지도 못하고 남해대교에 머물러 있다 한다.

우리 팀이 매화축제장을 빠져나가 나머지 3팀과 합류하여 구례 장터에서 점심을 먹고 산수유축제장으로 장소를 옮겨 촬영 후, 새벽부터 지친 몸을 섬진강변 물결을 바라보며 광주에서 준비해 온 간식으로 휴식을 취하고 광주로 돌아왔다.

사진작가로 동아리 활동을 하면서 여러 축제장을 다녀 보았지만, 오늘처럼 혼잡한 경우는 처음이다. 그러나 즐거운 추억으로 오래오래 기억될 것이다.

문학춘추 문학기행

　푸르름의 생동감이 넘치는 4월 바쁜 일상 속에서도 "문학 춘추"가 경남 함양, 거창 일원으로 찾아가는 문학기행 제21회째 추억을 남기고자 문화전당에서 집결하여 출발하였다. 가로수 벚꽃들이 만개하여 봄은 이렇게 만물을 색깔 입혀 눈을 즐겁게 했고 회원들과 만남은 마음 따뜻하기만 하였다. 차에 오르니 반가운 얼굴들이 향긋한 커피 향과 함께 나를 반겼다. 집행부에서 정성 들여 준비한 간식이 있었고 2019년 따끈따끈한 봄호 책 속에는 주옥같은 회원들의 감동의 글들이 담겨있었다.

　관광버스에 몸을 기대고 산뜻한 들판을 바라보며 달리다 보니 사람들이 감히 흉내 낼 수 없는 자연의 경치가 펼쳐진다. 멋과 풍류가 있는 옛 신비를 만나듯 지리산과 덕유산이 이어지는 함양 용추 폭포에 다다랐다. 높이는 약 15m이고 깊이는 약 25m이며 그 경치가 아름다워 조선 시대 영남 제일의 안의삼동安義三洞의 우리나라 명승 제85호로 지정되어 있어 물이 맑기로도 유명하고 해발 1000m 이상의 높은 봉우리로 둘러싸여 있다.

　우리 일행은 서둘러 거창 수승대에서 문화 해설가가 기다리고 있는 곳으로 향했다. 해설사의 안내로 이 지역 역사의 거북바위와 수승대의 유래를 설명 들었다. 수승대는 국가지정 명승 53호로 수승대 계곡은 덕유산이 발원지이며 암반 위를 흐르는 계류와

가운데 위치한 구연대龜淵臺 또는 암구대巖淵臺로 바위가 거북의 모습과 유사하다고 해서 붙여진 것이며 오랜 세월 풍상을 겪은 노송들이 곳곳에 자라고 거북바위 위에는 수승대의 문화적 가치를 알 수 있는 글들이 새겨져 있다.

원래 신라와 백제의 국경으로 백제말, 신라에 가는 백제 사신들을 전송할 때 그들의 안위를 걱정하며 보냈다고 해서 수승대愁送臺라 했다. 그러나 그 이름이 아름답지 못하다 하여 퇴계 이황 선생이 수승대授勝臺로 바꾸었다고 한다. 퇴계 이황의 수승대에 대한 명명시命名詩도 거북바위에 새겨져 있다 한다.

국가산림문화자산으로 지정된 200~300년 된 소나무 노목들이 이룬 멋지고 아름다운 숲이 산림 경관, 문화적 보전 가치가 있어 현재 41건이 지정 보존되고 있다. 수승대의 유서 깊은 역사를 되새겨 볼 수 있는 시간을 가지게 한 문화 해설가에게 감사함을 느낀다.

점심을 예약했던 장소로 갔더니 광주에서 직접 운전까지 하면서 거창까지 막걸리를 두 박스나 전달만 하고 광주로 되돌아갔다는 고맙고 반가운 소식과 함께 식당에 쓰인 아름다운 글귀는 보는 마음을 감동시켰다. "부모는 음식을 먹기 전에 자식을 생각하고 자식은 음식을 먹은 후 생각한다."는 식당 사장의 마음이 담겨있는 글귀다. 야채 중심의 식단이 눈길을 끌었다. 월성 계곡은 거창의 소금강으로 불리는 대표적 관광명소이며 월성천 만의 기이한 모습을 연출하고 있어 신비로움을 더해 주고 있었다. 다음은 갈계숲으로 발길을 이어갔다.

조선조 명종 때 갈천葛川이란 호를 가진 임훈 등 삼 형제와 문인들이 시를 지으며 노닐던 곳으로 숲 안에는 가선정, 도계정, 병암정, 신도비 등이 세워져 지조 높은 선비들의 학덕을 기리는 누정들이 세워져 있고 수목이 우거져 아름다운 풍광을 이루고 있는 곳이다. 많은 묵객들이 벼슬을 멀리하고 학문과 예술을 논하는 거창의 인물들이 이곳에서 연마했으며 벼슬보다는 학문에 뜻을 둔 학자로 향리에 은거한 요수 신권이 후학을 양성하였으며, 누정문화의 역사를 돌이켜 볼 수 있는 가슴 따뜻한 글들이 마음을 적신다.

기행을 마치고 돌아오는 차내에서 박형철 대표이사가 한림은 여러분과 함께하기에 행복하다 하시며 계속된 협력 체제로 나아가길 바란다는 말씀에 이어, 예총 임원식 회장님의 10개의 분과를 맡고 있는 고충과 앞으로 광주 문인협회 문학 마당을 신설할 것이며 13년간 표류한 문학관 건립을 위해 광주를 대표하는 예술인이 존경받는 사회를 만들어 문화예술의 가치를 사회 전 분야에 확장해 보고자 하는 야심 찬 말씀을 하였다. 아시아 문학의 중심을 지향하는 광주에 문학관이 없는 것은 부끄러운 일이며, 지역의 문화단체 간의 갈등 때문이라고 안타까운 심정을 토로하였다.

그동안 광주의 문학인들이 목말랐던 염원을 광주만의 특성에 걸맞은 문학관을 탄생시키고 예술인이 존경받는 사회를 위해 4년간 열심히 뛸 테니 여러분의 힘이 필요하다고 강조하여 모두가 박수로 화답하였다.

끝으로 임인택 회장님의 한림의 화합의 장이 잘 이루어지길 바라며, 여름호 원고 청탁과 함께 인사말을 마치고 사회자 박철수 부회장을 통하여 협찬을 하여주신 회원님의 감사한 마음을 전했다.

많은 회원으로부터 협찬을 받은 한림이 튼튼하게 '문학 춘추'를 이어가고 있구나 하는 고마운 생각을 해 보았다.

미국의 시인 '사무엘 울만'은 청춘이란 인생의 어느 기간을 말하는 것이 아니라, 마음의 상태를 말한다고 하였다.

나이가 들더라도 인간의 가슴에는 경이로움에 이끌리는 감성이 있으며 미지에 대한 탐구심, 인생에 대한 즐거움과 환희가 있고 단순히 세월이 흐른다 해서 늙은 것이 아니라 우리의 이상이 황폐해질 때 늙은 것이라 했다. 청춘이란 삶의 깊은 곳에서 솟아나는 정신세계라 생각한다.

매일 보고, 느끼며 생활하는 것들을 글로 써 보는 나의 취미 생활은 노년을 아름답게 만들어 줄 뿐 아니라 일상에서 발생하는 스트레스를 해소해 주고 무료함을 달래주는 최고의 명약이다.

이번 제21회 찾아가는 문학기행을 통하여 나의 문학 세계가 한층 성숙되고 보람된 지혜까지 얻어 자신감이 형성되어 좋은 글을 쓰는 판도라 역할이 되었으면 한다.

봄 길에서 본 매화 사랑

열어 놓은 차창 너머에서 밀려오는 매화향에 취해 아무리 미세먼지가 심해도 창을 닫을 수가 없구나! 코끝에 스치는 꽃내음 사로잡는 백목련이 아름답고 화려함을 뽐내 보지만 어찌 매화에 견줄까? 어깨를 나란히 하려는 산수유도 꽃망울을 터뜨리며, 벌 나비를 유혹하고 노란 향연을 연출하지만, 봄을 보듬어 안고 싶어 마음 주체하기 어려운 은은한 매화향은 내 아내가 바르던 새색시적 분향기 같다.

머지않아 이화, 도화, 진달래도 저마다의 아름다움을 뽐내겠지만 너희끼리 견주라며 살짝 자리를 내어주는 매화의 겸손함이 있어 사군자답다고나 할까? 흐드러지게 피었다고 폄하했던 게 미안하기까지 하구나! 시인 묵객이 시를 쓰고 수묵화를 칠 때 사심이 있었을까? 매화 사랑이 각별했던 퇴계 이황 선생께서는 매화를 주제로 한 시 107편을 남겼다고 한다.

매화는 백매와 홍매로 수많은 종류가 있지만, 수확을 목적한 실매와 꽃을 보기 위한 화매로 나누어지며, 또한 '새한삼우塞寒三友 송죽매松竹梅'로 애착이 깊었던 만큼 선조들이 글을 쓰고 그림을 그리는 소재로 많은 사랑을 받은 문화이자 멋이다.

이 아름다운 꽃과 향을 같이 즐기고 감상할 벗과 동행한다면 얼마나 행복할까? 매화나무 아래에서 막걸리를 함께 나눌 수 있는 삶은 더 풍요롭고 그 벗과 한 잔의 술이 살에 닿는 따스한 항아리를 채우며 삭막한 겨울의 끝자락에 매화를 볼 수 있다는 것만으로도 행복을 쌓는다.

'헤르만 헤세'는 이렇게 말했다
"정원을 가꾸는 일은 나라를 다스리는 일과 같다고 했는데 오늘도 내 왕국을 다스리는 나는 왕이다."
매운바람이 아직도 코끝을 스치지만 봄 냄새 또한 매화 꽃망울에 묻어나고 자연과 누리는 안식의 참 맛이라…….
그래서 나는 늘 매화를 좋아하고 가까이하며 살아가나 보다.

북 콘서트

책 읽기는 우리의 미래며 마음의 양식이다. 책방은 점점 없어지고 시민들의 책 읽기는 저조하니, 독서의 중요성이 더욱 커지고 있다

대형서점은 점점 사라진다 해도 한편 동네 서점이 늘어난다고 하니 취향에 맞는 그런 서점이 있어 한 가닥 희망이기도 하다.

금남로 4가 지하철역 북 콘서트장에 도착하니 쌀쌀한 겨울 날씨에도 따뜻한 봄날 분위기를 연상케 했고 사람들의 열기로 가득한 행사장은 축하의 꽃다발로 장식되어 지하철역은 보는 눈을 황홀하게 하였다.

식전 행사로 현악 4중주와 성악으로 막을 열고 이어 '엄니는 시의 씨앗'이라는 행사가 진행되었다.

작가인 이명란 시인은 『오색찬가』 1~7집 등 다수를 펴냈으며, 사회복지사로 이웃에게 꿈과 희망을 전달하는 다재다능한 웃음치료사, 가족 상담사, 여성재단 사회복지 의료분과 이사직을 맡고 다양한 활동을 하는 팔방미인이다. 콘서트는 '엄니는 시詩의 씨앗이어라'라는 주제로 "내 엄니가 되어준 당신을 사랑합니다, 고맙습니다."라는 말과 함께 시작하였다.

2017년 11월 24일 문화체육관광부 주최, 광주광역시 도시철도공사, 한국출판문화산업 진흥원과 광주시 동구문화원 주관으로

광주 지하철 금남로4가역에서 '책책책 북북 독서 환경 조성을 위한 북 콘서트'였다.

광주 지하철 각 역사에 도서를 비치해서 시민들이 책을 가까이 할 수 있게 하는 행사다. 각 역에 설치된 책은 국민 책 나눔 센터와 월간독서 경영과 각 가정에 방치된 책을 기증하여 시민들과 책 공유 운동을 펼치는 행사다.

도시철도 공사에서는 각 역에 책을 비치하여 지하철을 이용하는 고객은 누구나 접하게 하는데 각 가정에 방치된 책을 기증받는 방법도 시민 참여를 유도하는 좋은 방법이고 책 공유 운동이 성공할 것으로 기대된다. 이용 방법도 번거롭지 않고 간편하여 승강장에 비치된 책을 고른 후 차 안에서 읽고 하차 후 반납하게 되어있으니 많은 사람이 편리하게 이용할 수 있어서 좋았다. 고객 사랑과 고객에게 감동을 주는 도시철도만이 할 수 있는 행사라 생각하니, 공사와 관계자들에게 고개 숙여 감사를 드린다.

이용 방법은 지하철 역사 게이트와 승강장에 설치된 도서함에서 읽고 싶은 책을 고른 뒤 지하철 안에서 책을 읽고, 하차 후 다시 도서함에 책을 반납하면 된다. 별도의 등록이나 절차 없이 자유롭게 이용할 수 있다 한다.

광주 도시철도는 2004년 4월 28일 개통되었으며, 나에게는 큰 인연이 있어 감회가 새롭다. 광주 지하철 개통은 편리성, 안전성 경제성의 큰 역할을 하면서 역세권이란 말과 함께 큰 변화의 물결을 일으켰다.

개통 기념으로 우리 광성어린이집 아이들에게 금남로4가 지하철역에 그림을 전시할 공간을 제공해 주었다. 아이들은 철도공사에서 선물한 크레파스와 스케치북에 고사리 같은 손으로 저마다 다양한 색깔로 하얀 백지를 채워 나갈 때 귀엽고 그 진지함이 사랑스러웠다.

각자의 솜씨를 자랑한 아이들의 그림은 역사의 벽에 부착하였는데, 그것은 우리 선생님들의 몫이었고 힘도 들었지만 자랑스러웠다. 아이들은 자기 그림이 많은 사람이 오가는 지하철역 넓은 곳에 전시될 때마다 너무 기뻐하고 즐거워하던 모습은 수년이 지난 지금도 생생한 모습으로 다가오고 있다.

그것이 인연이 되어 송정리에서 소태역까지 기차여행을 시켜 주었는데, 참으로 의미 있는 즐거운 시간이었다. 지금도 우리 아이들과 함께했던 그 온상을 잊을 수 없고 그리워진다.

노벨상을 세계적으로 삼 분의 일을 차지한 유대인의 교육법에서 보면 아이가 잠들기 전에 책을 읽어 주고, 아이 스스로 생각하게 하며, 스스로 답을 찾는 아이로 키우는 53가지 교육법 지침서가 있다 한다. 영국 또한 아이들의 90%가 베드타임 스토리를 들으면서 잠들게 한다고 한다. 책방은 책을 좋아하는 사람들에겐 꿈이요 희망이다.

부모가 골라주는 책보다 자기가 직접 골라 볼 수 있는 아이는 감정과 정서가 향상되고 선택한 책은 아이들에게 행복한 꿈 꾸기라 할 수 있다.

책은 얼어붙은 감수성을 깨우는 도끼며, 독서는 마음의 양식이라 하였다.

온라인과 인터넷의 발달로 책 읽기는 우리의 미래이고 마음의 양식인데도 독서 인구가 점점 줄어드는 것도 서점이 줄어드는 것도 안타까운 일인데 지하철역에서 철도공사가 주체가 되어 이렇게 여러 문화 행사를 하는 것은 정말 뜻깊은 일이다.

그런데 안타깝게도 이렇게 시민의 곁에 다가와 있는 도시철도 공사가 매년 적자에 허덕인다니 2호선이 빨리 건설되면 시민의 사랑을 받아 더 많은 사람이 이용하여 적자도 면하고 광주 발전에 좀 더 기여하지 않을까? 큰 기대를 해 보며 도시 철도공사의 발전과 힘써 주신 관계자에게도 감사를 드린다.

이번 행사를 통해 책 읽는 문화가 정착되고, 국민의 독서문화가 활성화되길 바라며 이명란 시인의 북 콘서트가 한국문화체육관광부에 선정된 것을 진심으로 축하드린다.

사랑하는 어머니

마을 어귀에서 사랑하는 딸을 기다리는 어머니를 생각하여 주말 오후 서둘러 평소 어머니가 좋아하시는 빵을 사 들고 고향을 향했다. 어릴 때 돌멩이 많던 신작로는 다 어디로 가고, 아스팔트 길에 가로등만 줄지어 있었다. 혹시 고향길을 잘못 찾아왔나 의심할 정도로 길은 많이 변해 있었다.

어머니는 마을 어귀에서 애타게 딸을 기다릴 텐데, 나는 속절없이 고향을 지나쳐 가고 있었다. 어느새 밤이 찾아오고 주위는 어두워졌다. 한참을 가다가 행인에게 길을 물어, 가던 길을 되돌아와 어머니를 겨우 만나게 되었다.

가난한 농부의 아내로 살아온 어머니의 고된 "삶"의 무게를 상징하듯 지팡이에 몸을 의지하고 딸을 기다리고 있었다. 좀 더 서둘러 올 걸, 마음은 후회스럽고 자주 찾아뵙지 못했던 미안한 생각이 휘몰려 왔다. 지금은 아득한 추억이 되어 버렸지만, 그리웠던 어머니와 함께했던 포근한 그 밤, 잊을 수 없다.

이튿날 고향에 맑은 아침 공기를 마시며, 행복한 마음으로 어머니를 모시고 축제장으로 향했다. 그날은 1박 2일로 고향 축제 '조양제'가 있는 날이었다. 전국에 흩어져 있는 사람들이 모여 마을마다 각가지 음식을 준비해 놓은 부스를 찾아다니며 향수를 달래고, 그리운 고향의 맛도 즐길 수 있었다.

마을마다 준비한 가장행렬은 멋졌다. 음악을 좋아하는 조형환 친구가 조성면민의 노래를 작곡하였고, 친구의 구성진 노래가 운동장에 흘러나왔다. 모두 박수갈채를 보내주었다. 또한, 후배 박규석 친구가 하늘을 흩날리는 불꽃놀이를 준비했다. 이는 축제의 하이라이트인 고향 밤하늘을 10여 분 동안 아름답게 수놓았다. 전국 각처에서 모여든 친구들은 고향을 지키며 농협에 근무하는 김재덕 친구 집에서 정겨움으로 하얗게 밤을 새웠다. 지금은 서릿발 내린 친구들의 그때 모습들이 그리워진다.

나의 어머니는 내 삶의 원동력이 되어주고 세상을 살아갈 힘과 사랑을 준 분이다.

50여 년 전만 하더라도 결핵은 상당히 난치병이라고 여겼다. 나는 불행하게도 결핵과 투병 생활을 해야 했다. 그동안 결핵이라는 전조 증상도 느끼지도 못했다. 아주 건강한 상태였기 때문이다. 그래서 놀란 기색도 없이 약 먹고 치료받으면 완치되겠지 하고 가볍게 여겼다.

결핵을 발견하고는 가족에게 전염될까 봐, 가족들과 함께하는 자리에는 마스크를 사용해야 했다. 나는 아버지가 거처하시는 사랑채 옆방으로 거처를 옮겼다. 결핵은 약을 잘 먹고 영양소를 잘 섭취하고, 안정을 취하는 삼대 조건이 맞아야 했다. 약은 한 주먹이나 될 정도로 먹어야 했고, 주사도 매일 투입해야 했다. 어머님은 생활고로 인하여 한때 병원에서 일했던 적이 있었지만, 간호사가 하는 일을 어깨너머로 보는 것이 전부였다. 그런데도 사랑하는 딸을 이대로 보낼 수는 없다는 생각에 용기를 내어 스트렙토마이신 주사를 매일 딸의 엉덩이에 놓아 주셨다.

농촌 일은 날마다 해도 끝이 없었다. 그러나 어머니는 날마다 바쁜 일과 속에서도 매일 주삿바늘을 소독하여 주사를 놓아주는 정성을 게을리하지 않았다. 주사를 맞은 내 엉덩이는 거북이 등처럼 단단하게 멍이 들어, 주삿바늘이 들어갈 자리가 없을 정도였다. 어머니는 손으로 내 엉덩이를 철썩철썩 때리면서 주사를 놓아주었고, 따뜻한 수건으로 찜질도 해주었다.

내 나이 칠십을 넘어 생각해보니 나의 청년 시절에는 면 소재지에 병원이나 보건소도 없었고, 있었다 한들 매일 치료를 받으러 가는 건 매우 어려운 일이었다. 그런데도 문맹이었던 어머니는 지혜롭게, 또 용기 있게 난관을 헤쳐나갔다.

어머니는 농부의 아내로 살아가기도 버거울 텐데, 단 한 번도 원망한 적 없이, 오로지 희생으로 이겨냈다. 그리고 삼대독자이신 아버지의 외로움을 달래주었고, 육 남매 교육에 온갖 정성을 쏟았다. "아는 것이 힘이다. 배워야 산다."라고 늘 일깨워 주었으며, 학비 조달에 힘들어도 힘들다는 기색 없이 튼실한 신앙으로 자식들을 성장시켰다. 특히 어머니께서는 두 오빠가 장로 되는 것이 꿈이었는데, 그 바람대로 장로가 되어주지 못했지만, 그러나 두 오빠가 국가 공무원이 되었을 때 세상을 다 얻은 듯 기뻐하신 어머니의 모습을 잊을 수가 없다.

슬하에 딸 넷은 밤 9시가 넘어 귀가하지 않으면 전전긍긍하며 염려하신 어머니 그 덕분에 세상을 이길 힘을 얻었고, 지금까지도 내 삶의 방향을 인도하고 값진 인생을 살아갈 수 있는 게 분명하다.

작은 오빠가 대학 입학 당시 집에 쌓여 있던 일 년 농사 볏단을 태워버려, 그해 겨우내 우리는 태운 밥을 먹어야 했고, 오빠는 그해 학교 진학을 포기해야 했다. 또한, 막냇동생은 공주사대를 가려고 했는데, 그마저 희망이 사라져 버렸다. 그 때문에 어머니가 애통해했는데, 모습이 지금도 눈에 선하다.

격동의 세월 6·25 전쟁 당시 큰오빠는 밤이면 인민군이 민간인들을 납치하여 무자비하게 학살하는 시절 어머니는 엄동설한 돼지우리 위에 쌓아놓은 볏 더미 속에 아들을 잠재웠다. 그때 어머니는 따뜻한 방에 잠을 잔다는 게 너무 미안했던지, 선잠을 지새우다시피 하며 볏 더미 속에 잠자는 아들의 몸을 만져 보며 꿈틀거리면 그때야 안도감의 숨을 내쉬곤 했다. 그만큼 어머니는 유달리 큰오빠에 대한 기대가 컸다. 어머니는 고달픈 삶 속에서도 오빠로 하여금 대리 만족을 기대하고 있었다.

우리 육 남매를 평생 손수 지으신 옷으로 행여 추울세라 더울세라 입혀주시고 당신은 허리띠를 졸라매시고 자식들에겐 굶주린 배를 채워주시는 어머니, 그 사랑이 잊을 수 없고 빈곤 속에서 빈곤을 모르고 행복했던 그 시절을 보내게 해주었다. 어머니는 그 얼마나 고달픈 생활이었을까. 지금 생각하니 너무 죄스러워 고개 숙어진다.

육 남매 뒷바라지에 만신창이 된 어머니는 관절염이 심하여 걷지 못할 정도가 되었고, 누워만 지냈다. 어머니는 결국 욕창이 생겼다. 평생을 어머님에게 받았던 그 사랑 돌려 드리고파 오빠 내외분이 똥오줌을 받아냈고, 몸을 씻어 드리며 온갖 정성을 들였건만 그 효도도 멀리한 채 하늘나라로 가셨다. 그때 오빠가 애통해하는 모습을 차마 곁에서 지켜볼 수가 없었다.
나 역시 투병 생활을 겪고도 살아서 건강하게 여기까지 왔으니 어머니께 감사할 뿐이다.

일생을 희생으로 살아오신 어머니는 우리의 거목입니다.

오늘은 어머니가 70 평생을 사셨던 고향 집에 형제자매가 모였다. 지금도 그 목소리가 쟁쟁하게 귓가에 들리는 것만 같고, 대문 열고 어머니가 들여오는 것만 같다.

평생을 우리 곁에 있을 줄 알았는데, 어머니가 떠났다. 이후, 어머니의 그늘이 얼마나 소중한지를 깨달았다.

"어머니!"
"어머니, 보고 싶습니다."
"어머니, 사랑합니다."

서유럽 기행

2000년 김해국제공항을 출발하여 16시간 비행 끝에 프랑스에 도착하였다.

우리 일행은 호텔에 짐을 풀고 곧바로 세느강 관광을 했다. 세느강은 길이 776㎞의 강이며, 강물은 너무 탁하고 한강처럼 강의 폭이 넓지도 않다. 그런데도 관광객이 세느강을 찾는 이유는 오랜 세월을 거쳐 오면서 흥망성쇠의 길을 걸어왔던 파리의 역사를 고스란히 다 안고 있기 때문이 아닐까?

프랑스는 예술과 낭만이 가득하고 와인 생산지로 유명하며, 세계적인 관광명소가 밀집되어 연중 관광객들의 발길이 끊이지 않는 곳이다. 1년에 오는 관광객만도 약 1억 명 가까이 된다고 하며, 조상들이 만들어 놓은 문화와 예술의 덕에 후손들이 자손 대대로 잘 먹고 잘 산다고 한다.

세느강의 유람선 투어에서 에펠탑은 어떤 경로이든 반드시 지나가는 코스이다. 에펠탑과 몽마르트 언덕은 내일 관광하기로 하고, 저녁은 달팽이 요릿집에서 프랑스 문화를 접해 보았는데 자부심이 강한 프랑스의 화장실 문화는 매우 불편하였다. 그래서 어느 여행가는 "프랑스의 열악한 화장실 문화를 골칫거리 화장실 문제"라고 하였다.

숙소로 돌아오는 길에 쇼핑가에 들러 와인을 구입하고 계산대에서 계산을 하는데 세계 어느 곳에나 통용되는 달러가 아닌 프랑이었다. 프랑이 아니면 계산을 할 수가 없었다. 프랑스는 자기만의 문화를 지키고 또 노력한다. 본받을 일이다.

파리는 저녁 10시가 되어도 아직 어둠이 찾아오지 않았다. 우리 일행은 짧은 저녁 시간을 내 방에 모여 17년 와인으로 잊지 못할 추억의 밤으로 남겼다. 우리 모임 참사랑 동아리는 세계 각 나라 유아교육 기관을 견학하며 어린이집을 운영하는데 진취적인 발전을 위해 결성한 동아리이다. 이번 서유럽 여행에는 어린이집 관광은 빠져 있어서 아쉬움이 남았다.

아침은 간단한 호텔식으로 빵과 커피로 마치고 파리 관광에 나섰다. 그런데 한국에서 34명이 출발하였는데 33명뿐이었다. 어젯밤 파리 관광을 나섰다가 여권을 분실 당하여 한국으로 체크아웃 당했다 한다. 여행을 하다 보면 가이드가 하는 말 "여권 관리를 잘하라."고 귀가 따가울 정도로 당부를 한다. 세계 어디를 가나 관광지에는 소매치기, 날치기가 감초처럼 따라다닌다.

큰맘 먹고 유럽 여행을 계획했을 텐데 한국으로 돌아간 그분의 안타까운 마음을 뒤로 한 채, 생전에 부귀영화를 누렸던 유럽 최고의 화려함을 자랑하는 베르사유 궁전, 화가들의 광장인 몽마르트 언덕 등도 결코 지나칠 수 없어 찾았다.

몽마르트 언덕에서 채영란 후배는 본인의 초상화를 기념으로 남겼다. 마음에 여유를 가졌다면 초상화 한 점을 남길 만한데 아쉬움을 남게 했다. 베르사유 궁전은 매일 엄청난 관광객들이 이곳을 찾는다고 한다. 프랑스 베르사유 궁전은 호화로운 건축물, 정치적 야망을 드러내는 가장 대표적인 건축물이라고 할 수 있으며, 24년에 걸쳐 궁전을 지었다 하였는데, 그 엄청난 규모에 놀라움을 금치 못했다.

내 생에 불가능은 없다고 하는 나폴레옹의 개선문은 아치형으로 건축되었으며, 자신이 전쟁에서 거둔 승리를 기념하기 위하여 1806년에 건축하였으나, 생전에 완공을 보지 못하고 그의 유해만이 개선문을 통과하게 되었다 한다. 2차 세계대전 후 드골이 파리 입성을 하여 그 개선문을 통과하였다 한다.

다시 발길을 재촉해 세계 3대 박물관이자 세계유산인 루브르박물관으로 향했다. 그곳에서 근무한 총직원이 약 2천 명이나 된다고 하니 그 규모는 세계 최대이며, 넓고 볼거리가 엄청나서 지금 생각하니 좀 더 머리에 많이 담아 두지 못함이 아쉽다. 그러나 잘 알려진 세계 명작 레오나르도 다빈치의 '모나리자', '최후에 만찬' 등은 생생하게 기억에 남았다.

요즈음 레오나르도 다빈치 작품은 5천억 원이며 현재 러시아의 한 억만장자가 가지고 있다고 한다.

프랑스에 와서 노천카페에서의 향 짙은 커피 한 잔에 낭만을 느껴 보지 못한 아쉬움을 뒤로 한 채, 스위스 국경을 넘게 되었다.

스위스 하면 알프스산맥, 스위스 시계, 비밀은행이라고 알고 있는데 시가를 관광하는데 눈에 띄는 은행은 외부에서 볼 때는 아주 조그마하게 보였고, 스위스 집들은 담이 없는 게 특이하였고 산등성이 높은 곳에 지은 것이 부의 상징이라 한다.

늦은 점심을 먹기 위하여 식당에 들렀다. 사장님이 직접 기타를 연주하면서 노래까지 불러주는데 피곤한 여행객에게는 큰 위로가 되었으며 떠나올 때도 끝까지 손을 흔들어 주면서 배웅까지 해주었는데 그때 퍽 인상 깊었던 그 모습이 지금도 눈에 선하다.

융프라우 산악열차를 타고 정상에 올라갔는데 이게 웬일인가? 그렇게 청명한 날씨가 산꼭대기에 올라가니 안개가 가득 끼어 양

옆으로 절벽인데 아무것도 안 보여 아쉽게 하산하였다.

스위스는 산악지형이 험난하여 외부 침략을 받지 않으며 군대가 없는 게 특징이다. 스위스 지역은 도시에서 도시로 이동 시에 최대 2시간 반에서 3시간 정도의 시간이 소요되므로 스위스 내에서의 이동은 그다지 문제가 되지 않았다.

아쉬운 스위스관광을 마치고 이탈리아로 향했다.

이탈리아 여행지에서 베네치아는 절대 빼놓을 수 없는 곳이다. 물의 도시 베네치아는 곤돌라의 낭만으로 대표되는 분위기 있는 도시이다. 베네치아는 바다 위에 떠 있는 도시이다.

곤돌라 뱃사공들은 '곤돌리에'라고 하는데 국가시험까지 쳐서 곤돌리에가 되기 때문에 엄청난 프라이드를 가지고 있다고 한다. 곤돌라 또한 장인이 직접 손으로 하나하나 깎아서 만든 것이기 때문에 충분히 타볼 만한 가치가 있다고 생각한다.

6명까지 탑승할 수 있으며 해 질 녘에 타는 곤돌라는 약간 더 비싸기도 하다. 하지만 곤돌라는 베네치아에서 상징이기도 하고 악사들의 멋진 노래 '오 솔레미오(O sole mio, 오 나의 태양)'를 들으면서 타는 곤돌라는 환상의 밤이었다. 밤늦게 도착한 숙소에서 맛본 이탈리아 정통 화덕 피자는 한국에서 먹는 피자만 못하였다.

이튿날 분수의 도시라고도 불리는 트레비 분수를 찾았다.

오드리 헵번이 '로마의 휴일'이라는 영화에서 트레비분수에 동전을 던지는 장면이 있는가 하며 또한 분수대에 동전을 던지면서 소원을 빌면 로마에 다시 올 수 있다는 속설도 있다.

동전 하나를 던지면 로마에 다시 오게 되고, 두 개를 던지면 운명의 상대를 만나게 되고, 세 개를 던지면 소원이 이루어진다고 한다. 많은 방문객이 던진 동전이 분수대 바닥에 쌓인다고 하고 수많은 관광객이 동전을 던져 세계의 동전이 트레비 분수에 다 있다 한다. 로마시에서는 매일, 이 동전을 수거하여 로마의 문화재 복원과 보호에 쓰고 있으며, 트레비 분수는 눈과 폭우로 전면 조형물 일부가 파손돼 복원하였다 한다.

르네상스 시대 이탈리아가 낳은 위대한 천재 미켈란젤로의 역사와 문화가 살아있는 성 베드로 대성당으로 발길을 옮겼다. 세계 각처에서 모인 사람들로 줄을 서서 기다려야 하는데 우리 일행도 2시간 만에 입성하였다. 바티칸의 성 베드로 대성당에 있는 미켈란젤로의 웅장한 작품에 눈이 휘둥그레질 정도였다.

천지창조는 4년 동안에 완성한 작품이고, 최후의 심판은 7년 만에 완성한 그림이라 한다. 천정에다 그림을 그리기엔 쉬운 일이 아니다. 고개를 완전히 뒤로 젖힌 채 그림을 그리는 바람에 목에는 심각한 디스크가 생기고, 떨어진 물감이 눈에 들어가 한쪽 눈을 실명하기까지 했다고 한다.

미켈란젤로의 90년 세월은 고통과 슬픔의 세월이었지만, 그가 남긴 작품으로 인해 우리는 환희와 희망과 열정의 에너지로 가슴이 벅차올랐다. 하지만 이로 인해 연간 방문객 수가 600만 명을 넘어서게 되자 교황청은 걸작 보호를 위해 관람객을 제한하고 최첨단 시스템을 도입할 것이라 한다.

정말 넋이 나갈 만큼 대단한 작품들이었고 끊임없이 이어지는 대가들의 최고 창조품을 보니 정말 바티칸 박물관이 가지고 있는 힘이 얼마나 대단한지를 느낄 수 있었다.

그것이 바로 우리에게 보여준 기적인 것이다.

세월 앞에 인간의 목숨은 부질없지만, 예술은 영원하다는 것을 다시 한번 생각하게 하는 시간이었다.

손은 돌출된 뇌

손은 인간이 가진 만능 기계라 할 수 있다. 인간에게 없어선 안 되는 도구이다.

사람의 손이 얼마나 위대한가? 소비하는 손이 아니라 만드는 손, 그 위대함은 진정한 가치가 있는 손, 인간은 기본적으로 창조적이다. 자신의 손으로 무엇인가 만든다는 것은 창조적 본성을 되살리는 행동이다. 그러나 현대로 오면서 인간은 자신들 본래의 도구인 '손'으로부터 지나치게 기계로 옮겨 가게 되면서 결국 인간성의 상실 소외를 겪게 되어 가고 있다. 손 없이 위대함은 만들어지지 않는다. 우리가 어렸을 때 배가 아프면 엄마가 배를 만져주면 언제 그런 양 아픈 배가 나아진다. 그래서 엄마 손은 약손이라고 한다. '엄마 손은 요술쟁이 손, 엄마 손은 사랑의 손……'

독일의 화가, 판화가 이자 미술 이론가 알브레히트 뒤러는 세공사의 아들로 태어난 뒤러 형제는 청년 시절 각각 미술과 피아노에 뜻을 두었으나 가난으로 인해 뜻을 펼치기 어려웠다. 형제는 동전 뒤집기 내기로 먼저 공부할 사람을 정한다. 진 사람이 이긴 사람을 뒷바라지하기로 한 것이다. 내기에서 이긴 알브레히트 뒤러(Albrecht Dürer)는 뉘른베르크 아카데미에서 4년 동안 수학했다. 그동안 동생 알버트는 석탄 광산에서 일했다. 수석으로 공부를 마친 형 알브레히트는 동생을 지원할 차례가 되었다.

그러나 동생의 손은 이미 피아노를 칠 수 없을 만큼 망가져 있었다. 뒤러의 동생은 "하나님 저는 심한 노동으로 손이 굳어져 더 이상 피아노를 칠 수 없게 되었습니다. 하오나 내 형만은 화가로서 성공하게 해주옵소서!"라고 기도하며 형의 성공을 더 응원하였다. 동생의 기도를 들은 형인 알브레히트 뒤러는 연필을 꺼내서 동생의 손을 스케치했다. 그러면서 뒤러는 말했다. "기도하는 손이 가장 깨끗한 손이요, 가장 위대한 손이요, 기도하는 자리가 가장 큰 자리요, 가장 높은 자리다."라고…….

실제로 동생은 일찍 죽었고, 동생이 죽은 후 비로소 뒤러는 화가가 되었다. 그러나 그가 그린 손 그림의 손은 동생의 손일 수도 있지만, 동생의 손을 생각하면서 그린 뒤러 자신의 손일 수도 있다. 손으로 표현된 뒤러의 자존감을 담은 메시지의 일화다.

전남 고흥군 도양읍 소록도에서 43년 동안 한센병 환자를 보살펴온 외국인 수녀 2명이 편지 한 장을 남기고 떠났다. 두 수녀는 이른 새벽 아무도 모르게 섬을 떠났다. "사랑하는 친구 은인들에게"란 편지 한 장만 남겼다. 편지에는 이렇게 적어 놓았다. "나이가 들어 제대로 일을 할 수 없게 되어 여러분한테 부담을 주기 전에 떠나야 한다."라고.

소록도 주민들에게 온갖 사랑을 베푼 두 수녀님은 43년간 소록도에서 봉사 활동을 한 마가레트 수녀와 마리안느 수녀이다. 그녀들은 오스트리아 간호학교를 졸업했다. 소록도 병원이 간호사를 원한다는 소식이 소속 수녀회에 전해지자 1962년과 1966년 차례로 소록도에 입성하였다.

한국인 의료진도 직접 의료를 꺼려 마스크와 장갑을 끼고 환자를 대하는데, 마가레트 수녀와 마리안 수녀는 환자들이 말리는데도 장갑도 끼지 않고 상처를 맨손으로 약을 꼼꼼히 발라 주었다 한다.

6개월이 지나도 두 수녀에게 한센병 증상이 나타나지 않자 전염이 된다는 잘못된 인식을 바로잡은 계기가 되었다 한다. 환자들 치료하기도 바쁜 시간 틈을 내어 손수 죽을 쑤고 과자도 구워서 바구니에 담아 들고 마을 사람들에게 나누어 주는 아름다운 마음을 가진 분들이었다.

약이 부족하면 지인들에게 호소해 오스트리아, 독일, 스위스에서 도움을 청하였으며, 한센병 환자 자녀를 격리한 영아원을 운영하며 보육과 주거 환경을 개선하여 환자들이 자활하여 정착할 수 있도록 도와주고, 가족들이 찾지 않은 환자들에게 엄마가 되어주는 그들을 소록도의 엄마라고 하였다.

꽃다운 20대부터 수천 환자의 손과 발이 되어 살아왔는데, 시간이 흘러 지금은 일흔의 할머니가 되었다. 숨어서 어루만지는 손의 기적과 주님밖엔 누구에게도 얼굴을 알리지 않은 믿음에 두 수녀님께 정부 훈장을 준 오스트리아 대사가 소록도 섬까지 찾아와서 주었다 한다. 두 수녀는 본국 수녀회가 보내오는 생활비까지 환자들의 우유와 간식비 그리고 한센병 환자들이 건강이 좋아져서 병원을 떠나는 사람들에게 노자로 나눠 주었다. 한 사람 한 사람 치료해 주려면 평생 이곳에서 살아야겠구나, 생각을 하고 이 두 분은 팔을 걷어붙이고, 환자들을 직접 치료하기 시작한 것이 43년이 된 것이다.

이렇게 정성을 쏟은 두 분은 배를 타고 소록도를 떠나던 날,

멀어지는 섬과 사람들을 멀리서 보며 하염없이 눈물을 흘렸다고 한다. 20대부터 43년을 살았던 소록도였기에, 소록도가 그들에게는 고향과 같았기에, 이제 돌아갈 고향 오스트리아는 43년 세월이 흐른 지금 오히려 낯선 땅이 되었다 한다.

손은 단순히 신체기관이 아닌 뇌 즉 지성이었던 것이다. 오죽했으면 칸트는 손을 '튀어나온 뇌'라고 했던가!

그런 인간의 손이야말로 피로를 모르는 손이며, 자신을 능가하는 것에 굶주려 있는 손이며, 영원을 향해 손짓하는 손이 아닐까 생각해본다. 한센병 환자들 하면 자국민도 꺼리는 직업인데 이국만리 먼 곳에서 평생을 사랑과 봉사, 희생정신이 아니면 감히 생각해 볼 수 없는 아가페 정신이다.

본국으로 돌아간 마가레트 수녀와 마리안느 수녀는 오스트리아 시골 낡은 집 서너 평 남짓한 방 한 칸에 살고 있으며, 아직도 소록도의 아름다운 푸른 바다를 그리워하고, 한국의 장식품으로 방을 온통 꾸며놓고 저녁 식사는 한식으로 하고, 그분의 방문 앞에는 평생 마음에 담아 두었던 '선하고 겸손한 사람이 돼라.'라는 문구가 한국말로 쓰여 있다고 한다.

우리 정부에서 한센병인들을 위한 공로로 국민포상과 국민훈장 모란장을 수여하였고, 대한민국의 명예 국민으로 2020년 노벨 평화상 추천을 목표로 두 간호사를 알리기 및 백만인 서명 운동을 추진하고 있다 한다. 고흥군 소록도에서는 요즘 방송을 통하여 두 분 수녀님의 공로를 기릴 '나눔 연수원' 개관 소식을 밝혔다. 나눔 연수원은 강의실 170석, 생활관 120인실, 식당 120석, 전시관 등을 갖추고 있고, 교육생 편의를 위한 편의점과 카페 등이 있다 한다.

두 분의 숭고한 희생과 봉사 정신을 계승하고 인간성 회복과 약자에 대한 배려 등 나눔과 배려 문화 확산을 위해 건립됐다고 한다. 전국으로 퍼진 따뜻한 소록도 역사 문화 탐방, 마리안느와 마가레트의 봉사와 배려하는 마음이 전국으로 확산되길 바라며, 두 수녀님의 사랑과 나눔의 실천이 우리 사회에 밑거름이 되어 잊혀가는 나눔의 정신을 일깨워 주었으면 한다.

과연 인간의 가치가 무엇일까. 손이 우리에게 세상의 따스한 온기를 전해 주는 봉사 정신과 나눔의 가치를 절실히 느끼게 한다. 고향으로 돌아간 후 마리안느 수녀가 대장암 진단을 받아 한국과 오스트리아를 오가며 3번이나 수술을 받았다고 한다.

아직도 마음은 소록도에 두고 있는 두 수녀님의 건강과 무사를 기원하며…….

헌신하신 수녀님께 감사드린다.

아빠의 도전

    사랑스러운 아이들의 배웅을 받으며 일터를 향하여 집을 나서는 아빠는 마냥 행복하기만 하다.

    시골집 장남으로 태어났지만 어려운 가정형편인지라 중학교만 간신히 졸업하고 마땅한 직업을 얻지 못해 여러 가지 일을 전전하다 40세에 이르러서야 겨우 배우자를 만나 결혼을 하게 된다. 뒤늦은 결혼에 대한 보상이라도 되는 듯 한꺼번에 세쌍둥이를 얻은 아빠는 오늘도 낡은 트럭에 몸을 싣고 거리에 나아가 콧노래를 부르며 폐지 줍는 일을 시작한다.

    폐지를 주워서 얻은 수입으로 아이들 각자의 통장에 입금해주는 보람이 수고롭던 하루의 피로를 말끔히 풀어준다.

    종일 쨍쨍 내리쬐는 햇볕 아래서 수고하고 돌아오는 남편을 맞아들인 엄마는 아이 아빠를 위해서 무엇을 할 수 있을까 궁리하던 끝에 자외선에 거칠어진 얼굴을 마사지라도 해주어야 할 것 같아서 오이를 얇게 썬다.

    아이들은 고사리 같은 손으로 누워 있는 아빠 얼굴에 오이를 정성 들여 올려놓으면서 아빠 얼굴에서 벌떼가 춤을 추고 있다고 표현한다.

    아이들의 눈에는 아빠가 꽃으로 보이기 때문이다.

비록 가난하고 보잘것없는 살림이지만 그들의 가정은 언제나 희망이 가득하여 행복하다.

그러나 한 가정의 가장인 아빠는 가족에게 항상 미안한 마음을 품고 살아가고 있다. 생각다 못해 어느 날 사진관에 들러 이력서에 필요한 증명사진을 촬영한다.

사진관 사장님은 예쁘게 포토샵까지 해주면서 십 년은 더 젊게 보인다고 너스레를 떤다. 돈도 받지 않고 합격을 기원한다며 오히려 덕담까지 건넨다.

55세인 아빠는 환경미화원 원서를 제출하여 놓고 실기 시험을 준비하는 중이다. 합격하면 안정된 수입에 아이들에겐 좀 더 떳떳한 아빠로, 가정에도 활력을 불어넣을 수 있을 것이라는 꿈에 젖어 든다.

그러나 이게 웬일인가?

실기 시험을 준비하고 있던 차 하필이면 시험 바로 전날 맹장염 수술을 하지 않으면 안 되었다.

응시를 할 수 없게 된 아빠의 실망과 좌절은 이루 형언할 수가 없는 비애감을 안겨주었다. 그렇게 의기소침해진 남편을 보면서 더욱 안쓰럽게 느낀 아내는 마음이 타들어 가는 것을 느낀다.

"무엇보다 당신의 건강이 중요하니 시험에 너무 연연해 하지 마세요."라며 위로의 말을 건넨다.

얼마 뒤 남편이 건강을 되찾아 일터로 나가게 되자 아내도 따라나선다.

남편의 건강이 염려스러운 나머지 일손을 도와주며 남편 얼굴에 흘린 땀도 손수 닦아준다. 그런 아내를 향하여 남편은

"당신은 가만히 앉아 쉬고 있어. 다 내가 할 테니……."

이렇게 오가는 정겨운 말에서 행복이 묻어난다. 이런 살가운 행복을 백만장자인들 어디서 느낄 수 있을까?

어느 TV 방송국에서 다큐멘터리로 촬영, 방영한 내용이다. 가족 간에 이해와 사랑이 잔잔히 흐르고, 일상적으로 부딪는 어려움 앞에서도 서로 따뜻한 위로의 말을 나눌 줄 아는 가정, 이것이 진정 행복한 가정이 아닐까?

오늘날 배금주의拜金主義에 오염되어 가진 자만이 행복을 누릴 것이라는 막연한 편견에 사로잡혀 행복을 곁에 두고도 찾지 못하는 우리 서민들에게 비록 물질적으로는 부족하더라도 마음으로는 어떤 부자보다도 행복이 넘쳐날 수 있다는 교훈을 포근하게 전해 주고 있다.

인생이란 결국 자신의 마음에 달린 것이다. 굳건한 인내심으로 탐욕을 멀리하고 서로 배려할 줄 아는 이 가정에 진정한 행복이 영원히 지속할 것이라 믿는다.

아빠들이 내일을 향하여 도전하는 오늘, 바로 행복은 여기서 기다리고 있나니.

아빠들 파이팅!

은가람 동아리

"은가람" 동아리는 책을 좋아하는 사람들이 모여 서로 소통하는 곳이다.

자기가 하고 싶은 일을 하면서 살아가는 것은 참으로 행복한 일이다. 또한, 좋아하고 행복해하면서 서로가 만나 소통하는 곳이니 노년에 이보다 더 즐거운 일이 어디 있으랴?

우리는 빛고을노인건강타운 문학반에서 이명란 선생님 수업을 받은 수강생들로서 문학 모임 하나를 가져 보자고 뜻을 모아온 사람들이다.

드디어 오늘 서로의 뜻을 모아 동아리 모임을 "은가람"이란 이름으로 결성하였다.

빛고을노인건강타운은 2009년 개원한 전국에서 가장 큰 규모의 노인 여가문화 시설로서 지역 대표 복지시설로 광주시민이 하루 3,000여 명이 이용하고 있으며 복지 힐링의 장으로 알려져 있다.

"은가람" 동아리는 회원들이 매주 금요일이면 이곳 건강타운에 모여서 서로의 뜻과 생각이 같은 사람들끼리 문학을 사랑하는 소통의 장으로 이루어졌다.

동아리 회칙을 정하고 임원 선출을 하는 과정에서도 누구 하나 거절하지 않고 수락을 하였고 솔선해서 봉사하겠다고 하는 모습들이 얼마나 감사한지 모른다.

우리 "은가람" 동아리는 은퇴한 뒤에 자기발전과 자아실현을 꿈꾸고 있는 실버들로 구성되어 있다. 최근 경제 및 지식수준이 높은 실버들이 늘어나면서 우리의 삶을 건강하게 유지하면서 자식에게 의존하지 않고 자기 스스로가 제2의 마이 스타일을 설계하는 비타민 같은 인생을 살고 있다.
"은가람"이란 '은은히 흐르는 강물'이란 뜻이다.

골짜기 물이 흘러 시냇물을 거쳐 강물을 만들고 강물들이 모여 거대한 바다를 이루듯이 각자의 생각과 의식을 글로 쓴다는 정신으로 은은하게 흐르는 강물처럼 끊임없이 글쓰기에 열정을 가지게 되면 거대한 바다를 향하는 꿈과 희망을 품을 것이다. 희망을 가지고 사는 것은 사치가 아니다.

독서는 내면의 세계를 들여다볼 수 있는 마음의 거울이며 사람이 살아가는데 필요한 슬기와 지혜를 제공해 주기도 한다.
이명란 선생님은 우리 은발의 향기 문학반에서 노벨 문학상이 나올 것이라고 입버릇처럼 말하곤 한다. 그러지 않아도 우리 문학반에는 정말 훌륭한 선생님들이 많이 모인 곳이다.

우리는 서로가 완벽함을 추구하기보다는 은은한 아름다움이 묻어나는 그런 순수한 사람들과 손을 맞잡고 한곳을 바라보며 유유히 흐르는 강물처럼 삶의 안식처가 되어주는 빛고을건강타운 문학반에서 고락苦樂을 함께하면서 출발할 것을 다짐하여 본다.

멋진 글을 못 쓰더라도 이 일을 선택한 것을 후회하지 않기 위해서라도 열심히 노력할 것이다.

은가람 회원 여러분 "꿈"은 꾸는 게 아니고 만들어 가는 거라고 합니다.
우리들의 노후가 늙어가는 것이 아니고, 익어가고 있는 거라는 신념을 갖고 우리 함께 "꿈"을 만들어 갑시다.

'은가람 동아리 회원' 여러분 파이팅!!!

해맞이

눈발이 휘날리는 겨울밤 늦은 시간에 전화벨이 요란스럽게 울렸다. 이 시간 누구일까? 바짝 긴장되어 급히 전화기를 들었다.

'참사랑 동아리' 회원이었다. 우리는 어린이집을 운영하면서 참사랑이라는 동아리 모임을 하고 있었다.

동아리의 목적은 세계 각국 유치원을 탐방하여 백지처럼 깨끗한 아이들에게 보다 나은 여건에서 질 좋은 교육의 혜택을 주자는데 목적을 두었다.

덕분에 독일 뮌헨의 '성 벤노 유치원' 견학을 하였고, 일본 '벳푸대학 부속 유치원'을 방문하는 기회도 가진 바 있다.

그런데 그 밤의 전화 내용은 그런 내용이 아니었다. 신년도 해맞이 계획에 대해 사전 협의를 하자는 것이었다. 지난 모임에서 새해 해맞이를 떠나자는 안건이 채택되었는데, 이번 모임에서 장소를 결정하자는 것이다. 우리는 여러 방안을 주고받은 끝에 결국 정동진으로 가기로 하였다.

많은 세월이 흘렀지만 지금도 아련히 떠오르는 추억, 무박 2일로 떠난 정동진 해맞이, 구 전남도청 앞에 집결하여 버스를 타고 밤새 수다 떨고 함께하며 아름다운 추억으로 가득 채웠던 그때가 그리워진다.

밤새 차 안에서 이야기꽃을 피우다 보니 지루해할 시간도 없이 어느새 도착한 정동진, 아직은 이른 새벽이라 우리 일행은 모래사장으로 달려가, 매서운 새벽 공기와 겨울 바닷바람을 온몸으로 맞서며 추운 줄도 모르고 모래 위에 새해의 첫 발자취를 남겼었다.

우리 일행은 그길로 인근 음식점에 들러 추위와 배고픔을 대강 달래고 서둘러 해돋이 장소로 이동하였다.

지금이야 문명의 발달로 혹독한 추위도 이길 수 있는 핫팩, 수면 양말, 귀마개, 두꺼운 패딩, 기모 바지 등이 있지만 수십 년 전엔 엄두도 내지 못할 상품들이었다.

지금에 와서 생각하면 뼛속까지 파고드는 매서운 바닷바람이었고 온몸을 사시나무처럼 떨게 하는 고통의 순간이었지만 그래서 더욱 아름다운 추억의 한 페이지로 장식되었다.

밝아오는 새벽녘 일출의 장엄함과 감사한 마음이 숙연하게 했고 다시 한번 옷깃을 여미고 저 멀리 수평선을 힘차게 딛고 일어서는 붉은 태양을 향하여 가정과 어린이집이 무사하고 좋은 성과를 얻는 한 해가 되게 해 달라고 기원했다.

강릉은 동해의 푸른 바다를 끼고 있으며 영동 지방을 대표하는 도시라고 말할 수 있다.

천년을 이어온 강릉단오제는 유네스코 세계 무형문화 유산으로 등록될 정도로 소중한 이 지방의 향토 제례 의식이다. 이 축제는 단옷날을 중심으로 평화롭고 풍요롭게 살 수 있게 해 달라고 제사를 지내는 행사이다.

그런 점에서 강릉은 우리나라를 대표하는 문화의 도시의 하나라고도 말할 수 있다. 사시사철 축제와 볼거리, 즐길 거리가 끊이지 않는 곳이며 해맞이 행사의 명소로 매년 1월 1일 일출 시각에 맞춰 모래시계 회전식을 하는 자연, 주민과 함께한 새해 첫 행사로 유명하다.

그동안 많은 세월이 흘러 젊은 날의 아름다운 추억으로만 남아 있다. 다시는 돌아오지 못하겠지만 소중한 정신적 자산으로 남아 가끔 아름답게 반추되어 내 머리에서 주마등처럼 그때 일이 되살아나곤 한다.

돈으로는 계수할 수 없는 고귀한 추억. 세월은 속절없이 흘러가면서 그래도 이처럼 고운 기억들을 보석처럼 남겨 놓아 나로 하여금 행복의 미소를 짓게 해준다.

통영 문학기행

　문학 춘추로부터 수필 등단을 하였다고 연락이 왔다. 들뜬 마음도 가시기 전에 통영으로 문학기행을 간다는 기쁜 소식을 접했다. 아시아문화전당 입구에서 출발했다. 4월이면 봄꽃이 여기저기 만발해 전국적인 꽃 축제로 따스한 봄날이 왔나 했더니, 봄을 시샘하듯 봄바람이 몹시 차갑게 다가온다. 매서운 바람과 함께 기온이 뚝 떨어져 겨울 복장을 하고 약속 장소에 집결하여 통영으로 향하였다.

　통영은 십오만이 사는 조그만 도시로 산과 바다가 잘 어우러진 동양의 나폴리라 불린다. 처음 만난 문학 춘추 회원들의 친절한 배려로 준비한 소중한 책들과 간식을 한 아름 받고, 섬진강 휴게소를 거쳐 발길 닿는 곳마다 문인들의 예술혼을 느낄 수 있다는 이름난 고장을 답사했다.

　수많은 문화예술인을 배출한 예향의 도시답게 통영 곳곳엔 그들의 기념관이며 문학관이 즐비하다.

　먼저 청마문학관에서 유치환 선생의 생애 작품세계와 유품, 선생의 예술혼이 담겨있는 발자취를 따라 입구에 들어서니 선생의 대표 시 「행복」이 걸려 있다.

　사랑하는 것은 사랑을 받느니보다 행복하니라. "시"를 넘어 유품으로 남겨진 편지 뭉치 앞에 '오늘도 나는 너에게 편지를 쓰노라, 나는 진정 행복하였노라.'라는 글귀 앞에 읽는 사람도 이렇게 가슴이 절절한데 이루지 못한 사랑을 슬퍼하며 시를 남기게 된 두 사람의 사랑을 그리며, 생가에 들려 마당 한가운데 서니 통영 앞바다가 손에 잡힐 듯 펼쳐진 그곳에서 좋은 옥고를 탈고했으리라 생각한다.

이른 아침부터 서둘러 왔기에 배고픔을 달래기 위하여 식당에 들렀다. 통영에 봄을 알리는 대표 음식 도다리, 남해안에서 잡히는 싱싱한 도다리와 봄 쑥을 넣어 끓인 그 맛은 통영에서만 느낄 수 있는 점심을 마치고, 동피랑 골목에 숨겨진 이야기를 찾아 나섰다.

한때는 철거 대상이었던 동피랑은 현재 벽화로 인하여 관광객들의 발길이 끊이지 않으며 '동피랑'이란 '동쪽 벼랑'이라는 뜻이며, 구불구불한 오르막을 따라 담벼락마다 그려진 형형색색의 벽화가 통영의 숨은 보석을 본 듯하다.

통영 앞바다를 지켜주는 수호신 이순신 충무공의 동상이 위풍당당하게 지키고 있다.

통영은 알면 알수록 놀라운 도시다. 아름다운 바다와 먹거리가 풍부한 음식문화도 갖고 있다. 인구 15만 남짓의 작은 도시 통영은 시대를 대표하는 문인과 화가, 음악가들을 많이 배출한 곳이다.

백석 선생은 통영을 '자다가도 일어나 바다로 가고 싶다'는 시로 썼고, 통영을 대표하는 세계적인 작곡가 윤이상 선생은 '그 바다의 파도 소리 초목을 스쳐 가는 바람도 내게 음악으로 들렸다.'고 할 정도로 통영 바다를 사랑하는 그는, 베를린에 있는 그의 자택 침실에 통영항을 찍은 대형 흑백사진이 걸려 있었으며, 사후 23년 만에 고향 바다를 그리워하면서 보고 싶다는 생전의 바람에 따라 그의 유해가 통영으로 돌아왔다.

최고의 예술가들이 사랑한 바다의 땅 통영, 그들과 함께 걷는 예술가의 길, 통영 사람에게는 예술의 DNA가 흐른다고 할까?

남쪽 바다가 내려다보이는 언덕에 있는 박경리 기념관을 찾아 발길을 옮겼다.

통영은 한국 현대 문학의 어머니로 불린다. 소박하고 담백한 문학정신의 소설가 박경리 선생이 태어난 곳이며 어린 시절 문학적 소양을 기른 고향이다.

원주는 선생님이 말년에 기거하며 토지를 마무리 집필했던 삶의 터전이다. 하동은 소설 토지의 무대가 되었던 곳이며, 박경리 선생의 생명 존중 사상은 소설 『토지』를 통해 잘 나타나고 있다.

하동 평사리 토지문학관은 선생의 자존심이며 평생을 살아온 역사의 장이기도 하다. 일제 치하 평사리의 대지주인 최참판댁의 홍망성쇠를 중심으로 동학혁명, 식민지 시대를 그린 내용이며, 인간의 존엄성을 상실한 노예가 되어 멸시와 혐오로 인한 한을 풀어가는 과정을 잘 말해 주고 있다.

"평사리 땅을 일본에게 다 내놓으시오.
야만인 당신들에게 이 땅을 내놓을 수 없소.
이 땅은 내 것이 아니고 자연이고 어머니다.
소작인에게 나누어 줄 것이다.
이 땅을 두고 모두 어디로 갔단 말인가?
생명이 있는 한 모두 돌아올 것이다."라는 통한痛恨의 말을 하였다.

박경리 선생은 "내가 행복했다면 문학을 하지 않았을 것이다." 라고 말했다. 선생이 살아내야 했던 고통스럽고 치열했던 삶을 글쓰기 속에서 이뤄낸 것이 아닌가 싶다.

바다의 땅 통영. 곳곳을 사랑했던 한국 문학사의 큰 획을 그은 장인들의 흔적을 담은 문인들의 자취를 찾는 통영의 긴 하루였다.

평창 올림픽

대한민국에서 세계적인 겨울 축제가 아름다운 강원도 평창에서 2018년 2월 9일부터 2월 25일까지 17일간 열렸다.

2018 평창 동계올림픽 밤하늘을 수놓은 개막식에서는 IT기술을 활용한 '드론'으로 대형 오륜기가 등장했고 촛불을 든 강원도 주민들 1천 명이 불빛으로 비둘기 풍선을 만든 후 상공에 있는 드론 무리로 연결된다.

최다 무인 항공기(드론)가 공중에 동시 비행 부문에 세계 기네스 기록을 경신한 1,218대의 드론은 모두 한 대의 컴퓨터와 한 사람의 조종사가 조종하였다고 인텔은 설명했다.

LED 조명을 내부에 장착한 "슈팅 스타 드론은 하늘 위에서 40억 가지가 넘는 색을 연출할 수 있다."고 밝혔다. 드론들은 오륜기 모양을 형상화하며 장관을 연출했다.

세계인이 한자리에 모인 평창 올림픽은 93개국, 2,925명, 1인 선수가 19개국이며 처음 출전한 나라가 6개국이 참가하였다,

금메달 103개, 은메달 102개, 동메달 102 메달 총 307개이며, 노르웨이가 메달 39개로 1위를 했으며, 우리나라는 금메달 5개, 은메달 8개, 동메달 4개로 총 17개로 7위를 하였으며. 역대 동계 올림픽 최대 참가 규모를 기록하였다.

하나 된 마음과 열정으로 시작된 메달리스트는 쇼트트랙 남자 1,500m 금메달과 쇼트트랙 남자 500m 동메달을 목에 건 올림픽 챔피언이 된 임효준은 "나 혼자 해낸 것이 아니라 우리 선수단이 다 같이 따낸 금메달"이라며 남보다 나를 이기고 싶다고 겸손한 소감을 전했다.

컬링팀의 "영미" 신드롬, 쏟아지는 올림픽 신기록을 올린 그들은 세계 강호들을 잇달아 물리치고 전국을 컬링 열풍으로 만들었고, 고비 때마다 외친 "영미"는 최대 유행어가 되었고, 10년을 가족처럼 보낸 그들은 눈빛만 봐도 소통이 되는 어느 팀에 견주어도 뒤지지 않은 열정에 은메달 성과를 가져왔다.

한국 남자 스피드스케이팅 장거리의 '간판스타' 이승훈은 이번 올림픽에서 금메달과 남자 팀 추월 은메달을 목에 걸면서 2관왕에 올랐다.

스피드스케이팅 전설인 이상화는 여자 500m에서 37초33의 기록으로 피니시 라인을 통과했다. 자신이 보유한 세계기록인 36초 36에 미치지 못하는 기록. 결국, 고다이라에게 밀려 은메달에 그치고 말았다.

2013년 아시아 최초로 세계기록을 제패했던 그녀는 기대를 모은 올림픽 3연패는 아쉽게 무산됐지만, 역사와 함께 영원히 남을 것이다.

여자 매스스타트 김보름 선수는 값진 은메달을 안았지만 기쁨속에도 고개를 들지 못하고 관중을 향해 큰절을 올리며 팀 추월경기 논란에 거듭 사과를 했다.

썰매 종목 꽃으로 불리는 봅슬레이 4인승에서 은메달 기적을 올린 그들은 하루 8끼를 먹어가며 썰매에 가속도를 위하여 체중을 조절하는 힘든 훈련을 하였다 한다.

빈속 장거리의 에이스 이승훈, 김민석, 막내 정재원 남자 팀 추월 결승전에서 노르웨이에게 아쉽게 패하고 은메달 0.10초 차로 무릎을 꿇었지만. 우리 태극전사들은 박진감 넘치는 승부로 은메달이란 값진 결과를 가졌다.

평창 동계올림픽 개·폐회식 총감독 송승환은 빠듯한 예산(600억)과 리허설 기간이 짧은 데다 눈, 강풍, 안개 등으로 연습을 못할 때도 있어 힘들었다고 말하면서 그래도 이번 올림픽 90% 목적 달성하고 대단원의 막을 내렸다며 감사해했다. 개막식 최종 점화는 김연아 선수가 빙판 위에서 짧은 연기를 펼친 후 성화에 불을 붙이는 장면은 보안 때문에 새벽 2, 3시에 여러 번 연습했다고 한다. 평창 올림픽 모든 관계자분들과 자원봉사자분들에게 큰 박수를 보낸다.

치열한 경쟁 속에서 규율이 있는 승자와 패자가 함께하는 아름다운 우정의 대한민국은 전 세계의 추억으로 기억될 것이다.

과거와 현재 미래를 보여주는 남북한이 함께한 평화를 가져올 기회의 다리 역할을 기대한다. 이로 인하여 또 문재인 대통령이 평화 노벨상을 받길 기대하여 본다.

2022년 24회 베이징 동계올림픽을 기약하며…….

우리 선수들 수고 많이 했습니다.

북유럽 여행

2011년 7월 북유럽 여행은 우리 동아리뿐만 아니라 유치원을 운영하는 후배들과 함께 덴마크, 노르웨이, 스웨덴, 핀란드 4개국을 9일간의 환상의 여행을 떠나기로 했다. 북유럽의 날씨는 5월부터 8월은 해가 지지 않는 백야현상白夜現象으로 19시간 동안 해를 볼 수 있고, 겨울에는 고작 3~4시간 볼 수 있다 하여 우리 여행은 7월로 계획을 세웠다. 봄·가을 복장으로 얇은 긴팔 바람막이 점퍼를 준비하여 출발하였다.

이른 아침부터 광주를 출발하여 인천공항에서 13시간 비행 끝에 덴마크 코펜하겐공항에 도착하였다. 호텔로 이동하여 룸메이트인 유일원장과 함께 8박 9일로 북유럽 4개국 여행이 시작되었다. 서유럽, 동유럽 여행 때는 물 사정이 좋지 못하여 불편한 점이 많았는데, 북유럽은 수돗물을 먹을 정도로 물 사정이 좋다 하니 즐거운 여행이 기대된다. 북유럽 베니스라고 불리는 덴마크는 작은 나라지만 유럽에서 가장 오랜 역사를 자랑하는 안데르센의 나라로 아름다운 도시로 손꼽힌다.

미국에는 '자유의 여신상'이 유명하듯 덴마크에는 인어공주 상이 있다. 동상의 길이는 80㎝ 작은 동상이지만 덴마크 여행에서는 빼놓을 수 없는 곳이라 모든 관광객들이 꼭 들르는 관광명소다. 1천 년에 가까운 역사를 자랑한, 왕궁인 아말리엔보르 궁전이 해안 근처에 자리하고, 그 북쪽에는 안데르센 동화로 유명한 인어공주 동상이 있다. 유럽의 도시들 중에 아주 잘 가꾸어진 도시로 손꼽히며 시내에는 녹지가 많고 오랜 역사를 자랑하는 궁전과 유적들이 많다. 다음으로 이동한 곳은 북유럽 전설의 게피온 분수대였다.

제1차 세계대전 당시 사망한 덴마크의 선원들을 추모하기 위해 게피온 분수대를 만들었다고 한다. 아말리엔보르 궁전에서 약 500m 떨어진 곳에 위치해 있는 게피온 분수는 덴마크의 건국 신화에 등장하는 여신 게피온이 네 명의 아들을 황소로 만든 여신의 조각상은 섬의 탄생 신화에서 나온 것이라고 한다. 크리스티안보르성은 1167년 세워졌으며 과거에는 왕궁이었지만 현재는 국회의사당과 여왕의 알현 장소로 사용되고 있고, 지금은 국립 미술관으로 사용하고 있다고 한다.

궁전의 내부는 일반에 공개되지 않아 아쉬움을 뒤로하고, 다음 코스는 코펜하겐 최대의 번화가인 시청사로 발길을 옮겼다. 덴마크는 자전거 천국, 여왕도 자전거로 출근한다고 한다. 덴마크의 국회의원은 여성이 40%를 차지하고 있으며, 산유국인데도 자전거 이용률이 높고 승용차도 소형이며 여성의원의 자전거에는 장바구니가 달려 있다고 한다. 행복지수 1위의 나라 덴마크는 학교 병원 모두 무료이고 월급의 50% 정도 세금을 내지만, 그들은 불만이 없다 한다. 세금이 공정하게 징수되고, 국가가 필요한 곳에 사용하고 국가를 신뢰하기 때문에 세금은 많이 내지만 누리는 복지 혜택이 많아서 소중한 사람들과 삶의 여유를 즐길 수 있기 때문에 감사하며 행복하다고 한다. 아쉽게도 내부관람은 못 하고 아름다운 외부 관람만 하고 발길을 돌렸다. 덴마크의 아쉬운 관광을 뒤로 하고 노르웨이 수도 오슬로로 향했다.

해마다 12월이면 노벨 평화상 시상식이 바로 이 오슬로 시청사에서 열린다 한다. 다른 노벨상은 모두 스웨덴 스톡홀름에서 시상하는데 평화상만 이곳에서 시상하는 것은 노벨의 유언 때문이라고 한다. 지난 2000년 우리나라의 고故 김대중 전 대통령이 이곳에서 노벨 평화상을 받은 바 있다. 시청사 바로 옆에는 노벨평화센터가 자리하고 있는데, 역대 노벨상 수상자들의 책이나 엽서, 기념품을 구입할 수 있다.

이어서 노르웨이의 세계적인 조각가 구스타프 비겔란드의 조각 작품이 전시되어 있는 공원을 찾았다. 노르웨이 조각가 구스타브 비겔란드가 평생에 걸쳐 만든 212점의 조각상, 자연과 인간의 탄생에서부터 성장을 거쳐 죽음에 이르는 인간의 일생을 묘사한 조각상에서 남녀노소가 뒤엉킨 채 나선형으로 조각된 거대한 작품이다. 실제 인간 크기 121명 남녀가 하늘을 향해 인간의 온갖 힘을 쓰며 기어오르는 생동감 있게 인간의 치열한 삶의 굴레를 온몸으로 체감할 수 있는 희로애락의 성찰을 하게 한다는 평을 받고 있다. 121명 중 한 명이 구스타브 비겔란이 포함되어 있다 한다.

조국을 위해 자신의 재능을 기부하겠다는 작가의 의지와 신념이 수십 년간이 조각공원을 만드는 가운데에 몇 가지 조건을 국왕에게 요구하여 지금까지 지켜오고 있다고 한다. 누구나 무료로 출입할 수 있고 즐길 수 있도록 배려할 것, 24시간 개방하여 누구나 함께 즐길 수 있도록 할 걸……. 이렇듯 이 조각가는 평생을 가난하게 살면서 30여년에 걸친 작품들을 아낌없이 나라에 헌납했다고 한다.

위의 조건만 보더라도 구스타프 비겔란의 굳은 신념을 엿볼 수가 있고, 그의 예술은 돈 많은 이들의 호사스런 취미의 대상이 아닌 모든 민중의 정서를 자극하는 사회 자산인거죠. 우리 일행도 멋진 조각상 앞에서 기념 촬영을 남겼다

그는 평생의 작품을 아낌없이 오슬로 시민들을 위해 남기고 갔다. 그리하여 지금은 오슬로 시민, 노르웨이 전 국민을 넘어 세계인들 모두가 입장료도 내지 않고 심금을 울리면서 그의 작품을 볼 수 있게 된 거죠. 많은 작품이 전시되어 있는데 너무 야한 작품들은 감상하기도 민망하였다. 가이드는 유학생인데 얼마나 설명을 잘 해 주었는데, 기억이 잘 나지 않아 아쉬움이 남는다.

다음 코스는 요정의 길, 플롬열차. 눈 속 궁전으로 떠나는, 관광객이 너무 많으며 조금만 늦어도 열차를 타지 못한다고 하여 우리 일행은 서둘러 호텔을 나섰다. 세계에서 가장 아름답다는 로맨틱 플롬열차에 승차를 하였더니, 객실 안의 전광판에는 태극기와 한글로 환영합니다. 라는 자막이 나를 놀라게 하였고, 한국인의 자긍심을 느끼게 하였다. 수천m 두께로 쌓인 만년설이 빙하가 돼 흐르면서 지형을 파 내려간 부분에 바닷물이 들어와 형성된 폭포와 절벽으로 둘러싸인 피오르드 대자연의 웅장함에 숙연해진다.

산악열차 사이로 자연경관은 그림같이 아름답고, 가파른 철로를 한 시간가량 여러 개의 터널을 통과하고, 폭포에서는 안전을 보장하기 위해 모든 객차에는 5개의 서로 다른 브레이크가 있으

며, 각각의 브레이크가 전체 열차를 멈출 수 있다고 한다. 포토
존에서 잠시 정차하면 모두 기차에서 내려서 기념사진을 촬영하
는데 온몸에 물이 튈 정도로 폭포가 대단하였다.

운 좋게 요정들이 춤을 춘다는 폭포에서도 멋진 사진을 찍을
수 있었다.

동심 어린이집 윤병철 이사장님이 이번 여행을 주선主線하였고,
사진과 동영상 촬영에 수고를 많이 하였다. 덕분에 지금도 오랜
추억으로 남아있다. 이튿날 호텔 조식을 마치고 1994년 제17회
동계올림픽을 개최한 바 있는 릴레함메르로 향했다. 대체적으로
건조한 내륙기후이며 겨울 스포츠 최적의 장소로 알려져 있다.
이 도시를 방문한 관광객을 위하여 구 시가지를 차 없는 거리로
지정해 놓았다.

'북유럽의 베네치아'로 불리는 스웨덴의 수도 스톡홀름 바사박물
관으로 이동하였다. 바사 박물관은 스톡홀름 앞바다의 물 위에
떠있는 배 위에 만들어진 해상 박물관이다. 스웨덴 국력이 절정
에 있을 1628년, 바사호는 처녀항해를 하던 중 너무 많은 대포를
싣고 그 무게를 이기지 못하여 균형을 잃고 침몰하였다고 한다.
해저에 가라앉은 지 333년 만인 1961년에 인양되었는데, 인양된
배에서 25구의 유골이 발견되었다 한다. 바사호는 17세기 선박으
로, 스톡홀름에 특별히 지어진 박물관에 전시되어 있으며, 이 선
박의 98%가 원래의 부품과 수백 개의 조각으로 이루어져 있다
한다.

스웨덴 바사박물관은 1990년 7월 15일에 개관하였으며, 스웨덴
국립 해양 박물관으로 바사호의 역사를 설명하는 다양한 전시회

를 열고 바사호에 관련된 자료와 수장품 등이 전시되어 있었다. 다음으로 스톡홀름 시청사를 찾았다. 시청사는 노벨의 모국인 스웨덴 스톡홀름에서 노벨상을 수상하는 장소로 널리 알려져 있다. 다이너마이트를 발명하여 거부가 된 알프레드 노벨이 그로 인해 수많은 생명이 죽게 된 것을 가슴 아파하며 노벨상을 제정했다고 한다.

시상식은 노벨이 사망한 날인 12월 10일 시상식이 열린다. 인류 복지에 가장 구체적으로 공헌한 사람들에게 나누어 주도록 노벨 재단을 만들었고, 1901년부터 노벨상을 수여했다. 스웨덴의 수도 스톡홀름에서 거행되고 노벨상 파티장으로도 유명하며, 많은 관광객이 방문하는 곳이기도 하다.

다음 여행지인 핀란드 헬싱키로 가는 크루즈 배를 타기 위해 버스로 이동 터미널로 갔다. 바다를 사이에 두고 나라와 나라, 바다 위 움직이는 성 북유럽의 가장 호화롭고 낭만적인 크루즈에서 근사한 저녁 만찬과 하룻밤은 평생 잊을 수 없는 추억이 되었다. 배 안에는 작은 마을을 옮겨 놓은 듯하며, 사우나를 비롯해 면세점, 카지노, 각종 식당 및 상가가 즐비 되어있었다. 배 한가운데는 산책로가 조성되어 있어 밤바다를 편안히 거니는 낭만을 즐길 수 도 있었다.

선상에서 하선하여 헬싱키로 이동 후 시내 관광을 하고 핀란드가 낳은 세계적으로 유명한 작곡가인 시벨리우스 기념관을 방문하였다.
공원 중앙에는 시민들이 편히 쉴 수 있는 쉼터 역할을 하고, 스테인리스로 특수한 용접으로 붙여서 만든 파이프오르간 조형물을 만드느라 유독한 가스를 많이 마신 작가는 폐에 심각한 손상을 입었다고 한다. 강철로 만든 파이프 오르간 모양의 기념비와 시벨리우스 동상이 있고, 600여 개의 강철 파이프로 이뤄진 기념비가 특히 인상적이다. 낭만적이고 핀란드를 사랑하는 음악을 많이 작곡한 그는 소련이 핀란드를 지배하던 시절 핀란드 애국심과 민족의식을 높이는 노래를 작곡한다고 하여 러시아 정부가 그의 공연을 금지하기도 했다 한다.

그가 1957년 92세의 고령으로 세상을 떠나자 핀란드는 국장을 치러 위대한 음악가의 마지막 떠나는 길을 배웅했다 한다.

다음 장소로 간 곳은 암석 교회, 말 그대로 돌을 깎아서 만든 교회라고 한다. 암석을 뚫어 교회를 지은 덕분에 이색적인 모습을 관광객이라면 빼놓지 않고 들르는 명소가 되었다 한다.

울퉁불퉁한 암석으로 된 벽과 천장에는 구리선을 동그랗게 말아서 제작하여 소리의 울림이 그렇게 좋다고 한다. 관람하는 사람들도 최대한 소리를 적게 내기 위해서 조심스럽게 관람을 하고 있었다.

큰 도로가로 나와 보니 또 다른 길이 하나 있었는데, 자전거 전용 도로라고 한다. 자전거도로에서 사고가 났을 경우 모든 책임을 100% 보행한 사람이 진다고 한다.

북유럽은 자전거 천국이다. 그만큼 북유럽에서의 자전거는 일상 생활용품이다. 자전거는 자동차와 동일한 권리와 의무를 가지고 있다. 심지어 자전거 신호등이 별도로 있기도 하다.

자전거로 출퇴근하는 직원에게 인센티브를 제공하는 기업체도 있고, 공해도 없을 뿐더러 교통체증 해소에도 효과적인 교통수단 자전거를 도심 교통수단으로 활용하도록 권장하는 각종 조치들이 이어지고 있다고 한다.

북유럽은 복지가 잘 되어있고 생활 수준이 높은 나라인데 친환경 녹색, 이산화탄소 발생량을 줄이는 세계적인 추세에 맞춘 정책이야말로 지구를 살리고 우리의 삶을 건강하게 만드는 멋진 나라다. 아름다운 북유럽의 여행을 뒤로하고, 인천공항으로 향하는 비행기에 몸을 실었다. 공항을 빠져나오자 밝은 햇볕이 너무나 따스하게 온몸을 휘감았다. 새삼 햇볕의 고마움을 느꼈다. 다리가 떨리기 전에 가슴 떨리는 여행이 이런 기분이구나.

이번 여행을 위해 애써준 참좋은여행사의 최은희 인솔자에게 감사한다. 아울러 이번 여행에 많은 도움을 주신 동심 어린이집 윤병철 이사장께도 감사한다.

새로운 시작은 언제나 가슴이 먹먹하도록 희망을 꿈꾸기 마련입니다.

어느 시인은 "시는 마음을 움직이는 '영혼의 언어'다."라고 말했습니다. 그렇기에 시는 인간의 정서와 감성이 아름답게 소통하는 에너지의 원천이라고 생각합니다.

시인은 못다 이룬 사랑을 시어로 토해내며 보이지 않는 삶을 가꾸거나 그 여정을 찾는 것이며, 아픈 영혼의 소리로 삶을 살아내지 않을까 싶습니다.

얼큰히 익어가는 지나온 길을 돌아보니 어느새 인생의 끝자락이란 생각이지만, 그때마다 따뜻한 가족의 손길이 있었고, 함께했던 문학 회원들과의 아름다운 추억이 있어 작가는 더없이 행복합니다.

행복은 멀리 있는 것이 아니라 자신이 좋아하는 일을 열심히 할 때 행복해진다고 합니다. 문학의 공간에서 메마른 마음을 적셔 꽃을 피우고 행복하게 영글어가는 아름다운 황혼이 여러분과 함께하길 소망합니다.

저의 부족한 글을 읽어 주셔서 감사합니다.

저자 김 흥 순

이 도서의 국립중앙도서관 출판예정도서목록(CIP)은 서지정보유통지원시스템 홈페이지(http://seoji.nl.go.kr)와 국가자료종합목록 구축시스템(http://kolis-net.nl.go.kr)에서 이용하실 수 있습니다. (CIP제어번호 : CIP2020012718)

황혼의 연정 - 김흥순 작품집

초판 1쇄 찍은 날 | 2020년 03월 30일
초판 1쇄 펴낸 날 | 2020년 04월 03일

지은이 | 김 흥 순
펴낸이 | 최 봉 석
디자인 | 정 일 기
펴낸곳 | 동산문학사
출판 등록 | 제611-82-66472호
주소 | 광주광역시 남구 대남대로 340, 4층(월산동)
전화 | (062)233-0803
팩스 | (062)233-0806
이메일 | dsmunhak@hanmail.net

값 13,000원

ISBN 979-11-88958-24-5 03810

※ 잘못된 책은 교환해 드립니다.